「彼方っ、ミケたちはここにいていいのかにゃ？」

ミケが百メートル程離れた場所にある農場を指差す。

「農場の牛さんを狙うゴブリンを退治するお仕事にゃ。ここだと遠すぎるにゃあ」

「大丈夫だよ。今回の依頼は他の冒険者たちもいっぱい参加してるから」

氷室彼方《ひむろかなた》
異世界に転移してしまった高校生。『カードマスター・ファンタジー』のカードを召喚して使用する能力を持つ。

ミケ
彼方とパーティーを組む冒険者。十二歳の獣人ハーフの女の子。

「…………七原さん？」
彼方の声に少女は反応した。

七原香鈴《ななはらかりん》
彼方と同様にこの異世界に
転移してしまっていた
同級生の少女。
香鈴は鉄格子の向こう側にいる彼方を見上げながら、
桜色の薄い唇を開いた。
「わあっ！　彼方くんだ！」
香鈴は瞳をきらきらと輝かせる。

視界が開けると同時に、彼方の瞳に巨大な生物が映り込んだ。
それは全長二十メートル以上のドラゴンだった。
――マズい。あのブレスを吐かれたら、
村ごと焼かれてしまう。
「ベルルっ！
七原さんとミケの護衛を頼む！」

異世界カード無双

魔神殺しのFランク冒険者

2

桑野和明 illust りーん

Contents

Design: 小久江厚（ムシカゴグラフィクス）

第一章

　クレーターが肉眼で見える程の巨大な月が、緩やかな丘の上にいる氷室《ひむろ》彼方《かなた》の姿を照らした。
　黒い髪に黒い瞳、唇は薄く整っていて、青紫色の上着に灰色のズボンを穿《は》いている。両腕には力を強化するネーデの腕輪をはめていて、半透明な刃の中に数千個の歯車が動く『機械仕掛けの短剣』を手にしていた。

アイテムカード

機械仕掛けの短剣

★★★　(3)

装備した者のスピードと防御力を上げる

具現化時間：2日

再使用時間：7日

レアリティ：シルバー

　彼方は隣にしゃがんでいるミケに視線を向ける。ミケは十二歳の獣人ハーフで頭部に猫の耳を生やしていた。

「彼方っ、ミケたちはここにいていいのかにゃ？」

ミケが百メートル程離れた場所にある農場を指差す。

「農場の牛さんを狙うゴブリンを退治するお仕事にゃ。ここだと遠すぎるにゃあ」

「大丈夫だよ。今回の依頼は他の冒険者たちもいっぱい参加してるから」

「でも、ゴブリンを倒さないとお金がもらえないにゃ。それで報酬が計算されるのにゃ。一匹倒すと銀貨五枚にゃ。十匹倒すと…………リル金貨四枚にゃ」

「リル金貨五枚だね」

彼方はミケの計算ミスを訂正する。

その時、農場からゴブリンの叫び声が聞こえてきた。家畜を襲いに来たゴブリンたちの待ち伏せに成功したのだろう。

「にゃっ！　始まったにゃ」

農場に向かおうとしたミケのしっぽを彼方が摑《つか》む。

「ふにゃあああ。な、何するにゃあ」

「僕たちは行かなくていいから」

彼方は意識を集中させる。

彼方の周囲に三百枚のカードが現れた。その中から、一枚のカードを選択する。

アイテムカード

ピコっとハンマー

★（1）

対象の動きを一瞬だけ止める。防御力上昇の効果つき

具現化時間：１日

再使用時間：２日

レアリティ：ブロンズ

具現化されたハンマーは柄《え》の部分が赤とピンク色の縞模様《しまもよう》で、頭部が鮮やかな黄色だった。見た目は子供のオモチャのように見える。

そのハンマーを彼方はミケに渡す。

「ミケはこれを使って」

「強い武器なのかにゃ？」

「いや。ただ、ダメージを受けにくくなると思う。どの程度かはわからないけど」

「にゃっ！　ゴブリンを倒さなくていいのかにゃ？」

「それより自分が生き残ることが最優先だよ。それにミケが時間を稼いでくれれば、僕がゴブリンを倒しやすくなるから」

「わかったにゃ。死んだら、ポク芋のバター焼きも食べられなくなるしにゃ」

真剣な表情でミケがうなずいた。

がさがさと音がして、二匹のゴブリンが彼方たちの前に現れた。ゴブリンの肩には矢が突き刺っている。

「やっぱり、こっちに逃げてきたか」

彼方は機械仕掛けの短剣を構えた。

――この丘を越えると、ガリアの森に逃げ込めるからな。不利だと思ったら、こっちに来ると思ってたよ。

「ギャ………ギュアアアッ！」

目を血走らせて、ゴブリンが彼方に襲い掛かる。低い姿勢から曲刀で彼方の足を狙った。

――このゴブリンは、なかなか頭がいいな。僕のほうが強いと判断して、逃走するための戦い方をしようとしてる。だけど………。

彼方は狙われた左足を軽く引いた。曲刀の攻撃が空《くう》を切る。その動きに合わせて一気に前に出て、ゴブリンのノドを機械仕掛けの短剣で斬り裂いた。

「ガアッ………ゴブッ………」

ゴブリンは血を噴き出しながら、野草の上に倒れ込む。

――この世界に転移してから、もう十日以上経ってるし、戦い方にも慣れてきた。機械仕掛けの短剣の効果で、スピードと防御力も上がっている。ゴブリン一匹なら、負けることはありえない。

視線を動かすと、ミケがゴブリンと戦っていた。ミケは猫のように手を地面につけ、ゴブリンの攻撃を低い姿勢で避《よ》ける。そして一瞬の隙をついて、ピコっとハンマーでゴブリンの頭部を叩《たた》いた。

ピコンと音がして、ゴブリンの動きが一瞬止まる。

彼方はゴブリンに駆け寄り、機械仕掛けの短剣で左胸を突いた。

ゴブリンは大きく口を開けたまま、仰向けに倒れる。

「ミケ、ばっちりだよ」

彼方は笑顔でミケの頭を撫《な》でた。

「うむにゃ。ミケは逃げ回るのは得意なのにゃ。手も使えば、すごく速く走れるにゃ」

「うん。でも、油断は禁物だからね。ミケは僕が召喚するクリーチャーと違って、一度きりの命なんだから」

——とはいえ、ミケはなかなか素早いからな。ピコっとハンマーの効果で守備力も上がってるはずだし。

彼方は周囲の状況を確認する。

——こっちに逃げてきたのは二匹だけか。他の冒険者たちが頑張ってるみたいだな。報酬は少なくなるけど、被害が出ないほうがいいか。

突然、農場の牛小屋から火の手があがった。ゴブリンが火をつけたのだろう。牛たちの鳴き声が彼方のいる丘の上まで届く。

「まずいにゃ！　牛さんがステーキになってしまうにゃ」

「………いや。大丈夫みたいだ」

牛小屋の上空から大量の水が降り、火が一瞬で消える。

——冒険者の中に魔道師の女の人がいたからな。水属性の呪文を使ったんだろう。

「西だ！　西のほうに逃げたぞ！」

野太い冒険者の声が聞こえる。

「追えっ！　一匹も逃がすなよ！」

彼方の視界に西へ逃げていく数十匹のゴブリンの姿が見えた。ゴブリンたちは鳴き声をあげながら、草原の中を走り抜けていく。

「………陽動か」

「陽動って、何にゃ？」

ミケが彼方に質問する。

「本来の目的を隠すために、他に注意をそらす行動かな。多分、こっちに………」

彼方の前に一回り大きなゴブリンが姿を現した。肌は薄い緑色で動物の骨と色のついた石で作った首飾りをしている。肩幅は異常に広く、その手には巨大な斧《おの》が握られていた。

――こいつがリーダーみたいだな。

「グウウウウッ！」

ゴブリンは黄色い目で彼方を睨《にら》みつける。

殺意を感じる視線に、彼方は動揺することなく唇を動かす。

「悪いけど、ここは通さないよ。君は依頼主の家畜と従業員を殺したゴブリンの群れのリーダーだ。責任は取ってもらわないと」

「グゥ………ググッ………」

ゴブリン――リーダーは彼方とその隣にいたミケを交互に見て、黄ばんだ歯をガチガチと鳴らす。

「ミケ……下がっていいよ。このゴブリンは僕が倒すから」

彼方は機械仕掛けの短剣を構えて、ゴブリンに歩み寄った。

「ガアアアッ！」

リーダーは雄叫《おたけ》びをあげて、巨大な斧を振り下ろした。その攻撃を彼方は体をひねるようにしてかわす。

――前に戦ったゴブリンのリーダーより力は強そうだ。斧の攻撃だし、当たると防御力を強化してても危険かもしれない。

リーダーは重い斧をぶんぶんと振り回して、攻撃を続ける。

――でも、今の僕には当たらない。それに……。

斜めに振り下ろされた斧の刃を、彼方は機械仕掛けの短剣で受け止める。

リーダーの両目が大きく開いた。

――ゴーレムのルトさんからもらったマジックアイテムの腕輪の効果で、僕の力は強化されてる。短剣で斧の攻撃を止められるぐらいに。

「グゥ……」

リーダーはうなり声をあげて、腰を低くする。

――まだ、戦意は失ってないみたいだな。さすが、群れをまとめるリーダーってところか。

「ガアアアッ！」

気合の声をあげて、リーダーが攻撃を再開する。大きく斧を振り上げ、彼方に向かって、それを投げつけた。彼方は縦に回転する斧の刃を短剣で斜めに弾く。野草が千切れ飛び、斧が地面に突き刺さった。

リーダーは腰に提げていた短剣を引き抜く。その動きに彼方は違和感を覚えた。

——短剣を引き抜いた時、動きが慎重になった。刃に毒を塗ってるな。

彼方はゆっくりと右に移動する。かさかさと足元の野草が揺れる。

「グゥルルル」

リーダーはしゃがみ込むように姿勢を低くして、じりじりと彼方に近づく。

農場から聞こえてきたゴブリンの鳴き声と同時にリーダーが一気に動いた。右のつま先で地面を蹴り、短剣で彼方のノドを狙う。

彼方は頭を下げると同時に前に出て、リーダーの腹部を機械仕掛けの短剣で斬った。

「ギャアッ！」

リーダーは悲鳴をあげながらも短剣を斜めに振り下ろす。その攻撃を彼方は左の手首にはめた銀の腕輪で受けた。

キンと甲高い金属音が響く。

呆然《ぼうぜん》としたリーダーの左胸に機械仕掛けの短剣が深く突き刺さる。

「ゴッ……………グ…………」

リーダーは口をぱくぱくと動かしながら、野草の上に倒れた。

「ふう…………」

彼方は溜《た》めていた息を吐き出し、額に浮かんだ汗を拭った。

——戦闘に慣れてきた今の僕なら、この程度のモンスターは余裕をもって倒せる。再使用時間のこともあるし、カードはなるべく少なめに使うようにしないとな。自分の能力の情報が漏れるのも、できる限り避けるべきだし。

「やったにゃ、彼方」

ミケが嬉《うれ》しそうに駆け寄ってくる。

「このゴブリンはきっとリーダーにゃ。リーダーを倒すと金貨一枚もらえるのにゃ」

「ラッキーだったね。普通のゴブリンも二匹倒せたから、これで僕たちは金貨一枚とリル金貨一枚もらえるよ」

「ってことは、ミケと彼方で分けるから……一人リル金貨四枚だにゃ」

「一人リル金貨五枚と銀貨五枚だよ」

彼方は苦笑しながら、視線を農場に向ける。

――あっちも戦闘は終わったみたいだな。誰も死んでなければいいんだけど。

「あーあ。金貨一枚取られちゃったか」

背後から少女の声が聞こえてきた。

振り返るとシーフのレーネが立っていた。レーネはショートボブでスレンダーな体型をしたDランクの冒険者だ。服はセパレートタイプの革製で腹部の肌とへそが見えている。

レーネは彼方の足元に倒れているリーダーを見て、頭をかいた。

「もしかして、最初からリーダーを狙ってたの？」

「いや、偶然だよ」

彼方は笑いながら、レーネの質問に答えた。

「この場所にいれば、逃げてくるゴブリンを倒せると思ってね」

「そこに大物がやってきたってわけか。運がいいじゃん」

レーネは人差し指で彼方の胸を突《つつ》く。

「こっちはゴブリン四匹ってところかな。ザックとムルが十匹ぐらい倒してればいいんだけど」

その時、彼方たちの前に手負いのゴブリンが現れた。

「銀貨五枚発見っ！」

レーネは素早くナイフを投げた。そのナイフがゴブリンのノドに突き刺さる。

ゴブリンはノドを押さえたまま、ぐらりと倒れた。

「たしかにこの場所は悪くないね。最初から私もこっちにいればよかったかな」

そう言って、レーネはピンク色の舌を出した。


農場の前の平地には、多くの冒険者たちが集まっていた。

人間、エルフ、獣人、そして、そのハーフ。

武器や防具もばらばらで、ロングソードを持っている者もいれば弓や杖《つえ》を持っている者もいる。

彼らの前には多くのゴブリンの死体が積み上げられ、周囲に血の臭いが漂っていた。

「これで倒したゴブリンは全部だな」

まとめ役のDランクの冒険者アルクが手元のメモを見ながら、ゴブリンの数を数える。

アルクは人間で髪は茶色、銀の胸当てをつけていた。

「…………うん。申告と合ってる。では、明日の午後、王都の広場に集まってくれ。僕が責任をも

って報酬を渡そう」

「待てよ」

突然、痩せた人間の男が右手を上げた。

男は背が高く、黒い革製の服を着ていた。手足はひょろりとしていて、腰に四本の短剣を差している。

「どうした？　ウード」

アルクが痩せた男——ウードに声をかける。

ウードは頭をかきながら、足元にあるゴブリンの死体に足を乗せる。

「報酬のことでちょっとな」

「報酬？　それは昨日説明したはずだ。ゴブリン一匹につき銀貨五枚。お前も納得したから、依頼を引き受けたんだろ？」

「ああ。だが、こいつは納得いかねぇな」

ウードはゴブリンのリーダーの死体を指差す。

「リーダーを倒したのはFランクの冒険者二人のパーティーって聞いたぞ」

「それがどうかしたのか？」

「ってことは、金貨一枚はそいつらがもらうってことだな？」

「あ、ああ。そうなるな」

「それが納得いかねぇんだよ」

ウードはペッとツバを吐く。

「数合わせのために参加してたFランクに倒されるリーダーが金貨一枚？　ありえねぇだろ！　もっと報酬を安くするべきだ」

「いや、それは無茶な話だ」

困惑した顔でアルクは言葉を続ける。

「最初からリーダーを倒した者には金貨一枚を渡すと決めている。今さら、それを変えることはできない」

「弱いリーダーでもか？」

「………………そうだ」

アルクがそう答えると、ウードは短く舌打ちをした。

「やってられねぇな」

「にゃっ！　ミケたちに文句があるのかにゃ」

ミケがしっぽを逆立ててウードに駆け寄った。

「リーダーを倒したら、金貨一枚にゃ。そういうお約束なのにゃ」

「お前がリーダーを倒したのか？」

ウードが腰を曲げてミケを見下ろす。

「ミケじゃないにゃ。ミケのパーティーの彼方が倒したのにゃ」

「彼方？」

「僕だよ」

ミケの背後にいた彼方が、すっと前に出た。

「お前か…………」

ウードは彼方のベルトにはめ込まれたFランクのプレートを見る。

「俺はDランクのウードだ。モンスター狩りをメインの仕事にしてる」

「…………そうですか」

彼方は漆黒の瞳でウードを見つめる。

――身長が百九十センチぐらいで右利きか。痩せてるけど、筋肉はついてるな。手足が長くて、短剣の攻撃範囲は広そうだ。

「なぁ、Fランク。お前、悪いとは思わないのか？」

「悪い…………ですか？」

「ああ。弱いゴブリンのリーダーを倒して、金貨一枚もらうのがな」

「運も実力のうち、って言葉が僕のいた世界にはあるんです」

「…………ああ。お前は異界人なのか」

ウードはふっと肩をすくめた。

「異界人というのは運がいいんだな。幸運の女神ラーキルにキスでもされたか？」

数人の冒険者たちが笑い声を漏《も》らす。

「とにかくだ。この場を丸く収めるには、お前が金貨を受け取らないことが最善なんだよ」

「それはイヤですね」

彼方は首を左右に振った。

「…………あぁ？　イヤだと？」

「ええ。僕がリーダーを倒したのは事実だし、そのリーダーが強いか弱いかは関係ないでしょう」

「それはこの俺の意見に従えないってことか？　Ｆランクの冒険者が、Ｄランクの俺にはむかうってことだな？」

「ここでランクは関係ないでしょう」

「……………お前、いい度胸してるな」

　ウードは腰に提げた短剣に手をかけた。

「ちょっと待ってよ」

　レーネが彼方とウードの間に割って入った。

「あんた、何、無茶なこと言ってんの」

「誰だ？　お前」

「あなたと同じＤランクのレーネ。そんなことより、同じ依頼を受けた冒険者同士で争うつもり？」

「生意気なＦランクを教育してやるだけだ。弱いリーダーを倒しただけなのに調子に乗りやがって」

「弱いかどうかなんて、わかんないでしょ」

「弱いに決まってる！　Ｆランクに殺されたんだからな」

　ウードはレーネを押しのけて、彼方を指差した。

「お前ら、こんなＦランクに金貨取られて本当にいいのか？」

「いいぜ」

　レーネのパーティーでリーダーをやっているザックが言った。

　ザックは二十代後半ぐらいの人間で腰にロングソードを提げている。その背後にいた狼《おおかみ》の顔をした獣人のムルも首を縦に動かして、ザックに同意する。

「………正気かよ？」

ウードはザックに歩み寄る。

「お前、Ｆランクの身内か？」

「身内ってわけじゃないが、前にそこのレーネが彼方に助けられたんでな。それに彼方はＦランクだが、実力はＤランク以上だ。ゴブリンのリーダーが弱かったわけじゃないと思うぞ」

「Ｄランク以上だと？」

「ああ。彼方は剣だけじゃなく、召喚呪文も使えるからな」

「召喚呪文も使える？」

ウードは彼方に視線を戻す。

「お前………召喚呪文を使えるのか？」

「………まあね」

少し悩んで彼方は答えた。

「………ウソだな」

ウードはじっと彼方を見つめる。

「お前から魔力は感じられない。召喚呪文など使えるはずがねぇ」

「なら、それでいいよ。信じてもらう必要なんてないし」

「かんに障《さわ》る奴だな。なら、やってみろよ。ゴブリンでもスライムでも召喚してみろ！」

「イヤだね」

　彼方はきっぱりと断った。

「召喚の能力は隠しておけるものじゃないけど、わざわざ、人に見せるものでもないし。特に敵意を感じるあなたには」

「言い訳だけはSランクだな」

「もういいだろ」

　アルクがウードの肩に手を乗せた。

「今回の依頼のまとめ役は僕だ。報酬は予定通りに支払う。そうでないと、もっと揉《も》めることになるからな」

「そうそう」

　レーネがうなずく。

「あんたが倒したゴブリンも弱かったから、銀貨三枚でいいよね、って言われて、納得できるの？」

　レーネの言葉に、ウードの眉がぴくりと動く。

「てめぇ…………俺にケンカ売ってんのか？」

「そっちこそ、彼方にケンカ売ってるじゃない」

「…………いいだろう。お前とFランク、同時に相手してやる。死んでも文句言うなよ」

「いい加減にしろ！」

　アルクの声が荒くなる。

「ウードっ！　これ以上、トラブルを起こすつもりなら、冒険者ギルドに報告するぞ。依頼を受けにくくなってもいいのか？」

「………ちっ！　ちゃんと俺の報酬はもらうからな」

ウードは彼方に近づく。

「お前の顔は忘れねぇ。Ｆランクのくせに俺に逆らったことを後悔させてやる」

そう言って、ウードは早足で去っていった。

「バカな男………」

レーネがぼそりとつぶやく。

「レーネ、ありがとう」

彼方はレーネに声をかけた。

「僕の弁護をしてくれて」

「別にあんたを助けたわけじゃないからっ！」

少し焦った様子でレーネが頰を赤くする。

「どう考えたって、あのウードって男が無茶なこと言ってたから、ムカついただけ。最初からゴブリンのリーダーを倒した冒険者は金貨一枚って決まってたのに」

「その通りだ」

アルクが彼方の腕に触れる。

「君たちがＦランクでも約束通り報酬は支払う。安心してくれ」

「ありがとうございます。アルクさん」

「いや。まとめ役として当たり前のことをしただけだよ」

そう言って、アルクは白い歯を見せた。その笑顔につられて、彼方も頰を緩める。

――Dランクの冒険者が一番多いって受付のミルカさんが言ってたけど、その中にもいろんなタイプがいるんだな。ウードみたいに人を見下すタイプもいればFランクの僕にも丁寧に接してくれるアルクさんみたいな人もいる。まあ、それは元の世界でも同じか。

「おいっ、彼方」

ザックが彼方の肩に手を回した。

「味方になってやったんだから、俺たちにエールの一杯ぐらいおごってくれるよな?」

「ええ。それぐらいなら、大丈夫ですよ。僕も少しはお金が貯まってきたし」

「よっしゃ! じゃあ、『裏路地の三角亭』に行こうぜ。あそこは料理もなかなか美味《うま》かったしな」

「にゃっ! ミケも行くにゃ!」

ミケが茶色のしっぽをぱたぱたと振る。

「今日はアイスミルクをきゅっと飲みたい気分だったのにゃ。おつまみは双頭みつばちのはちみつパンにするにゃ」

「甘い物がつまみかよ?」

ザックがミケに突っ込みを入れた。

「うむにゃ。彼方もよく食べてるのにゃ」

「彼方もか?」

「実は甘い物が好きなんだ」

彼方は恥ずかしそうに頭をかく。

「元の世界でもスイーツ……甘い物を食べるのが好きだったから」

「おいおい。男なら甘い物よりも酒と女だろ。なんなら食事の後は俺がいい店に連れてってやろうか？　夜の店にな」

「あーっ………そういう店はちょっと、いいかな」

「欲がねぇ奴だな。まあ、お前なら店で金を払わなくても、うちのレーネを抱………」

レーネがザックの後頭部をこぶしで強く叩いた。

ゴンと大きな音がして、ザックが頭を抱えてしゃがみ込む。

「何、バカなこと言ってんの！　エロザック！」

レーネは真っ赤になった頬を見られたくないのか、ぽかんとしている彼方から顔をそらした。

◇

次の日の朝、彼方は町外れにある三階建ての宿屋で目を覚ました。部屋は木製のベッドと小さなテーブルがあるだけの狭い部屋で、壁には光る石が入ったカンテラが掛けられている。

ベッドから上半身を起こし、カーテンを開いて窓の外を見る。朝の太陽に照らされた町並みと雲一つない青空が広がっていた。

彼方はあくびをしながらベッドから出る。

「昨日は遅くまでザックさんにつき合って飲んでたからなぁー。こっちは野苺《のいちご》のソーダだけど」

そうつぶやいて、ぴんとはねた寝癖を整える。

――やっぱりベッドは気持ちがいいな。一泊で銀貨四枚かかるけど、ちゃんとした場所で寝ると疲れも取れる。一階には浴場もあるし、服の洗濯もお金を出せば頼むことができる。

彼方は枕の側に置いていた魔法のポーチを手に取り、中から革袋を取り出した。

その中に入っている硬貨をテーブルの上に並べる。

――リル金貨が八枚と銀貨が六枚、銅貨が三枚か。銀貨一枚を千円ぐらいで考えると、八万六千三百円だな。一日銀貨二枚を食費にするとして、宿屋もずっと使うのなら、一ヵ月に金貨一枚とリル金貨八枚ぐらいは稼がないとまずい計算になる。

――それだけじゃなくて、雑費も必要だし。替えの服とか下着とか、回復薬もストックしておきたい。

「こっちの世界でもお金は重要だからな」

――昨日のゴブリン退治の仕事で、リル金貨五枚と銀貨五枚が今日手に入る。でも、あんな仕事はなかなかない。この前の薬草採集の仕事は一日働いて、銀貨四枚だったし。

彼方はため息をついて硬貨を革袋にしまう。

「七原《ななはら》さんを捜すためにもお金が必要だよなぁ」

いっしょに転移した可能性が高いクラスメイト――七原香鈴《かりん》のことを思い出す。

――人捜しはお金がかかるって聞いたし、自分で捜すのも時間がかかる。僕がいるヨム国じゃなくて、他の国にいる可能性だってあるし。

――ここは平和な日本とは違うからな。早く見つけてあげないと。

「とりあえず月初めの昇級試験を受けてランクを上げておくか。そうすれば、もう少しお金になる依頼を受けられるはずだし」

その時、木製の扉が開いてミケが部屋の中に入ってきた。

「彼方、広場に行くにゃ。アルクさんから報酬のお金がもらえるのにゃ」

「あ、そうだね。でも、その前に冒険者ギルドに行こう。午前中のほうが仕事が見つかりやすいと思うし」

「彼方は働き者だにゃ。えらいにゃ」

「少しでもお金を貯めときたいからね。お金がないと野宿することになるし、ご飯も食べられないから」

「それならお部屋は一つにすればよかったのにゃ。そうすればちょっとだけ安くなったにゃ。ミケは彼方といっしょのお部屋でいいのにゃ」

ミケは不思議そうな顔をして彼方を見つめる。

「いや、ミケだって女の子なんだし」

「でも、お外では隣で寝てたにゃ」

「僕の感覚だと、外と部屋は違うんだよ」

彼方は笑いながら、ミケの頭部に生えた耳を撫でる。

――元の世界だと、いろいろ問題になりそうだしなぁ。まあ、ミケは妹みたいなものだし、気にしすぎか。

宿屋から出て、彼方とミケは冒険者ギルドに向かった。

朝方ということもあり、通りには多くの荷物を積んだ荷車が停まっていた。商人らしき服装をした男が木箱を店に運び込んでいる。

——あの店は雑貨屋みたいだな。一階が店で二階に住居があるのか。

「ねぇ、ミケ。家って、買うことができるのかな？」

「できるにゃ」

隣を歩いていたミケが答える。

「でも、王都の中の家は高いにゃ。金貨がいっぱいいるのにゃ」

「金貨がいっぱいか……」

彼方はレンガと木材で造られた建物を眺める。

——家を買うことができれば、宿代は必要なくなる。王都の中は無理かもしれないけど、外に家を建てるのなら、少しは安くなるかもしれない。

「彼方は家が欲しいのかにゃ？」

「そうだね。家があると宿代が要らなくなるし、自炊すれば食費も安くなるから」

「にゃあああっ！　彼方の家ができたら、遊びに行っていいかにゃ？　たまにお泊まりもしたいのにゃ」

「もちろんいいよ。でも、当分難しいだろうな」

彼方はふっと息を吐いた。

◇

冒険者ギルドの入り口にいる人物を見て、彼方の目が丸くなった。

「あれ、アルベールさんだ」

アルベールは白龍《はくりゅう》騎士団の十人長でエルフの女騎士ティアナールの弟だ。髪は金色で耳がぴんと尖《とが》っている。アルベールは彼方を見つけて、早足で駆け寄ってくる。

「ここにいたらお前に会えると思ってたぞ。氷室彼方」

「会えるって、何か僕に用があるんですか？」

「ある！　姉上を助けてくれ！」

そう言って、アルベールは彼方の両肩を強く摑んだ。

「ティアナールさんがどうかしたんですか？」

彼方はアルベールに質問した。

「レイマーズ家のカーティスと揉めたんだ」

「レイマーズ家？」

「………ああ。お前はこの世界に来てから、まだ日が浅かったな。カーティスはレイマーズ伯爵、アーロンの息子だ」

「伯爵ってことは地位が高いんですね？」

「王都の南にあるケルラの町を統治してる名門の貴族だ。カーティスは………」

「ちょ、ちょっと待ってください」

彼方はアルベールとの会話を止《や》めて、ミケの肩に触れた。

「ミケ、ごめん。今日は別行動にしよう。アルクさんからの報酬はミケが受け取ってて」

「わかったにゃ。ミケの手を借りたい時はいつでも言うのにゃ」

ミケは彼方に手を振りながら冒険者ギルドに入っていった。


彼方とアルベールは誰もいない細い裏路地に移動した。

そこでアルベールが話の続きを始める。

「発端は夜会でカーティスが姉上の体にいやらしく触れたのだ」

「それでティアナールさんが怒ったんですね？」

「ああ。カーティスは平手打ちを食らって鼻血を出した。そのことを根に持って、姉上に決闘を申し込んだのだ」

「決闘ってことは、ティアナールさんとカーティスが戦う？」

「いや、そうはならない。カーティスは太った男で剣などほとんど握ったことはない。だから、代理の決闘士を雇ったようだ。それにこっちもな」

「ティアナールさんも戦わないんだ？」

彼方の質問にアルベールは首を縦に振る。

「姉上は最初、自分が戦うと言ってたのだが、団長に止められたのだ」

「団長って、白龍騎士団のリュークさん？」

「そうだ。姉上が勝っても負けても、レイマーズ家とリフトン家の遺恨が強くなるからな。騎士団の中にも、レイマーズ家とゆかりのある者がいる。代理人同士の決闘ならば、少しはましだ。ただ、問題はこちらの決闘士が見つからないことだ」

「どうしてですか？」

「カーティスが手を回しているんだ。リフトン家の決闘士になるなと。それに…………」

アルベールの眉間に深いしわが刻まれた。

「カーティスが雇った決闘士は、暗器のリムエルだ」

「暗器って隠し武器のことですよね？」

「そうだ。リムエルは決闘士の中でも十本の指に入る実力者で、暗器を使って何十人も決闘相手を殺している」

「殺している……か」

彼方の口から乾いた声が漏れる。

――そうか。相手が強いから、引き受ける者がいないんだな。決闘ってことは死ぬこともあるんだろうし。

「決闘を断ることはできないんですか？」

「できない。リフトン家は武門貴族だ。なのに、代理の決闘士も立てずに決闘自体を断るなどありえない」

アルベールはこぶしをぶるぶると震わせる。

「彼方、頼む。代理の決闘士を引き受けてくれ！」

「僕がですか？」

「俺も団長から決闘を受けることを禁じられている。だからお前に頼むんだ」

アルベールは彼方の両肩を強い力で摑む。

「お前はまぐれだが俺に勝った男だ。今回もまぐれで勝てるかもしれない」

「でも、相手は決闘慣れしてて強いんですよね？」

「ああ。だからお前が死ぬ可能性もなくはない。だが、美しい姉上のために死ねるのなら、本望だろう」

「いや、ティアナールさんが美人なのはわかってますけど、死ぬのはイヤかな」

「安心しろ。リフトン家の領地には景色のいい場所がある。小さな湖のほとりに青百合の花が咲いていてな。そこにお前の墓を建ててやる」

アルベールはまぶたを閉じて、顔を青空に向ける。

「姉上は優しいから、年に一度はお前の墓参りをするだろう。もしかしたら、お前のために涙を流してくれるかもしれん。うらやましい奴め」

「あんまりうらやましくないような……」

彼方はうなるような声を出して頭をかいた。

――ティアナールさんはいっしょにザルドゥの迷宮で戦った仲間だ。それに金貨を十枚ももらったことがある。

「アルベールさん。決闘ってことは相手を殺さないといけないんですか？」

「いや。相手に負けを認めさせればいい。それにどう見ても勝負がついているのなら、立会人が勝敗を決めることもできる」

「武器や呪文は使えるんですか？」

「魔法が付与した武器を使うこともできるぞ。もちろん、防具も自由だ」

「そうですか」

彼方は親指の爪を唇に寄せて、考え込む。

――それならば勝算はあるな。ネーデの腕輪で力も強化してるし、決闘に使える武器も先に装備しておけばいい。相当強い相手だろうけど、ザルドゥよりは弱いはずだし。

「わかりました。引き受けます」

「おおっ！　引き受けてくれるか！」

アルベールは両手で彼方の手を握った。

「感謝するぞ。万が一の時にも立派な墓を建ててやるからな」

「いや。墓のことはどうでもいいですから、リムエルの情報を教えてください」

「そうだな。さっそく情報屋に話を聞きに行こう！」

彼方の手首をしっかりと摑み、アルベールは笑顔で歩き出した。

◇

太陽が西の山をオレンジ色に染める頃、王都の近くにある針葉樹の林の中にティアナールは立っていた。見た目は十七歳ぐらいで淡い金色の髪は腰の近くまで届いている。肌は透き通るように白く、銀色の鎧《よろい》を身につけていた。

数分後、ティアナールの緑色の瞳に絹の服を着た華奢《きゃしゃ》な男が映った。男は二十代後半ぐらいで灰色の髪をしていた。瞳は薄い青で鼻筋が通った整った顔立ちをしている。

男は笑みを浮かべてティアナールに歩み寄る。

「お久しぶりです。ティアナールさん」

「ああ。立会人を引き受けてもらって感謝する。レンドン殿」

ティアナールは男――レンドンに頭を下げた。

「別に構いませんよ。このくらい」

レンドンは目を細めて微笑する。

「それで代理の決闘士はどこに？」

「それはアルベールに頼んである。当てがあると言っていたのだが」

「その当てが引き受けてくれるかですね。カーティスが雇った決闘士は、あの暗器のリムエルですから」

リムエルの名を聞いて、ティアナールの金色の眉がぴくりと動く。

「リムエルか。評判の悪い決闘士だな」

「ええ。この前も降参した決闘士を殺したそうです。決闘士としては優秀なのでしょうが、あまり仲良くはなりたくない人物ですね」

「私自身が戦うことができるのなら、リムエルの性根を叩き直してやるのに」

「それはダメだと白龍騎士団の団長に釘《くぎ》を刺されているんですよね？」

ティアナールは無言でうなずく。

「賢明な判断です。あなたが決闘で命を失ったら、多くの男たちが悲しむでしょうから」

「そんなことはないだろう？　私より美しい女性は社交界にいくらでもいる」

「外見だけじゃないんです。あなたは気高く心も美しい。外見だけを気にして、人形のように微笑んでいる女とは違う」

「褒められることは嬉しいが、どうせなら騎士として力を認められたいものだ」

「そちらも充分に評価されているのでは？　名誉ある白龍騎士団の百人長なのですから」

「いや、まだまだだ」

ティアナールはこぶしを強く握り締める。

「もっと、強くならないと、危険なモンスターどもからヨム国を守ることはできない」

「そうですね。魔神ザルドゥが死んだとはいえ、危険なモンスターはまだいます。奴らが徒党を組んで、ヨム国を襲ってくる可能性は残っているでしょう。それに………」

「それに？」

「………いえ。杞憂《きゆう》なことを考えただけです。と、お相手が現れましたよ」

レンドンが細い手で指差した方向に、豪華な服を着た太った男――カーティスが立っていた。

カーティスは二十代後半ぐらいで茶色の髪を短く切っていた。頬は綿を詰めたかのように膨らんでいて、腰には柄《つか》が金色のレイピアを提げている。

「おっと、時間に遅れたかな？」

カーティスは膨らんだ腹を揺らしながら、レンドンに近づく。

「いえ。大丈夫ですよ」

レンドンは懐中時計の針を見ながら、カーティスの質問に答えた。

「ところで本当に決闘をするのですか？」

「当然だろ。僕はその女に名誉を傷つけられたんだから」

カーティスは片方の唇の端を吊《つ》り上げて、ティアナールを睨みつける。

「夜会の席で暴力を振るうなんて野蛮な女だ」

「それはお前が私の体に触れたからだ」

ティアナールがいつもよりも低い声を出す。

「しかも、あんなハレンチなことを耳元でささやくなど」

「へーっ、僕がどんなことを言ったのかな？　レンドン殿に話してみてくれよ」

「……………貴様」

ティアナールの体がぶるぶると震え出す。

「おっと、僕に手を出すのは止めてくれよ。お互いに決闘士が戦うって決めたんだからね」

「くっ…………」

「ところで、カーティス殿の決闘士はどこにいるんです？」

レンドンがきょろきょろと周囲を見回す。

「ここよ」

木の陰から二十代前半ぐらいの女が現れた。ウェーブのかかった黒髪は胸元まで届いていて、瞳は赤紫色だった。服は体のラインがわかるダークグリーンで、長めの黒のブーツを履いている。

女――リムエルは紅を塗った唇を笑みの形にしたまま、ティアナールに近づく。

「あなたが白龍騎士団の百人長ティアナールね。噂《うわさ》通り、綺麗《きれい》な顔してる。瞳なんてまるで宝石みたい」

「お前が暗器のリムエルか」

ティアナールは鋭い視線をリムエルに向ける。

「あら、私のことを知ってるのね」

「評判が悪いからな」

「どんなことを聞いたの？」

「降参した決闘士を殺したんだろ？」

「何だ。そんなことか」

リムエルは黒い髪をかき上げて、微笑する。

「あれは事故よ。不幸な事故。もう少し早く降参してくれてたら、殺さなくてもすんだのにねぇ」

「お前…………」

「怖い顔しないでよ。殺した決闘士だって、多少は覚悟してたことだろうし。それに悪いのはあなたたちなんだから」

「どういう意味だ？」

「決闘士を雇うのは貴族が多いってこと。自分たちが死にたくないから代理を頼んでおいて、その代理が人を殺したら、非難するの？」

リムエルの問いかけにティアナールの表情が硬くなる。

「ほんと、貴族ってひどいよね。こっちは生きるために仕方なくやってる仕事なのに」

「………そうは思えないぞ。お前は人を殺すことを楽しんでいる」

「どうしてそんなことがわかるの？」

「お前の目だ！　人を殺して喜んでいるモンスターの目と同じだからな」

ティアナールの口調が激しくなる。

「お前は人の皮をかぶったモンスターだ！」

「それなら、あなた自身でモンスター退治をしてみたら？　代理の決闘士なんて使わないでさ。あ、それとも私に勝てる自信がないのかな？　まあ、白龍騎士団は弱い騎士団って噂もあるしね」

「白龍騎士団をバカにするのかっ！」

「だからぁ、証明してみなさいよ。私を倒して白龍騎士団の百人長様が強いところをね」

「貴様………」

ティアナールの緑色の瞳がめらめらと燃え上がった。

「ダメです。ティアナールさん」

レンドンがティアナールの肩を摑む。

「リムエルさんも挑発は止めてください。この決闘は代理人同士でやると決まっているのですから」

「でも、そっちの決闘士はいないみたいだけど？」

「何だ。不戦勝か」

カーティスが大げさに肩をすくめる。

「武門貴族が代理の決闘士も見つけられないとは無様なものだな。レンドン殿、この場合は僕の主張が認められることになるよな？」

「………そうですね」

レンドンが残念そうにうなずいた。

「決闘士がいないのなら、カーティス殿の主張を全面的に認めることになります」

「そんなっ！」

ティアナールの顔が蒼白《そうはく》になった。

「待ってください！　もうすぐアルベールが決闘士を連れてくるはずです」

「本当に来るのかなぁ？」

カーティスがにやりと笑う。

「僕の聞いた話だと、相手が暗器のリムエルと聞いて、決闘士たちは依頼を断っているらしいじゃないか」

「それは貴様が裏で手を回しているからだ！」

ティアナールは怒りの表情を浮かべる。

「どこまで卑劣な男なんだ！」

「やれやれ。また妄想か」

カーティスはわざとらしくため息をつく。

「決闘士を用意できなかった時点で君の負けなんだ。もう認めなよ」

「用意できたとしても負けだけどね」

リムエルはティアナールに向かってピンク色の舌を出す。

「くっ………」

ティアナールは唇を強く噛《か》み締め、両方のこぶしを震わせる。

レンドンがティアナールに声をかけた。

「ティアナールさん。私は立会人として公正な立場で判断しないといけません。あなたが決闘士を用意できなかったのは事実ですし、カーティス殿の主張を全面的に認め………」

「待ってください！」

突然、凛《りん》とした声が林の中に響いた。

全員の視線が声のした方向に向けられる。そこには彼方が立っていた。

「彼方………どうして、お前が？」

ティアナールは緑色の目をぱちぱちと瞬《またた》かせて、彼方に近づく。

「私が連れてきたのです」

彼方の背後にいたアルベールが自慢げに胸を張った。

「アルベールっ、まさか、お前………彼方を？」

「はい。こいつが代理の決闘士です」

「………このバカっ！」

ティアナールはアルベールの頭をこぶしで叩いた。

「お前は何をやってる⁉　彼方は決闘士じゃないんだぞ！」

「しっ、しかし彼方の力は姉上が一番認めているではないですか？」

「それとこれとは別だ！　彼方は私の………いっ、いや、とにかく彼方に決闘など」

「大丈夫ですよ。ティアナールさん」

彼方はティアナールに笑いかける。

「相手は強そうですけど、多分、勝てますから」

「へーっ、面白いこと言うのね」

リムエルが妖しい笑みを浮かべて、彼方を見つめる。

「私に勝つつもりなんだ？」

「…………うん」

彼方はリムエルから視線をそらさずに小さくうなずく。

「…………ふーん。あなたFランクの冒険者みたいね。プレートが茶色だし」

「最近、冒険者ギルドに登録したから」

「私はCランク。途中から決闘士の仕事のほうが本業になっちゃって、昇級試験は受けてないの」

「その言い方だと、Bランク以上の実力があるってことかな？」

「まあね。Bランクの決闘士を殺したこともあるし」

リムエルは値踏みするような目で彼方を見つめる。

「うん。わかった。短剣と腕輪ね。それ、どっちもマジックアイテムでしょ。しかも腕輪はネーデ文明の物で体を強化する魔法が付与されてる。それで勘違いしたわけね」

「勘違い？」

「いいアイテムを装備してるから、自分が強いと勘違いしてるってこと」

赤い唇をちろりと舐《な》めて、リムエルは微笑する。

「でも、それは間違い。どんなに強い武器を持ってても、使う人間の技量がいまいちなら、意味はないの」

「僕もそう思いますよ」

「………んーっ？」

リムエルの眉が微かに動いた。

「あなた、少しだけ顔が私の好みだし、すぐに決闘が終わるのも面白くないから、いいもの見せてあげる」

そう言って、腰に提げていた短剣を右手で引き抜く。その短剣は刃が赤紫色で柄の部分に漆黒の宝石がはめ込まれていた。

「さて………と………」

リムエルは足元にあった小石をブーツのつま先で蹴って、真上に飛ばす。胸元まで届いた小石が落ち始めようとした瞬間、リムエルは短剣で小石を斬った。小石は真っ二つに割れ、地面に落ちる。

「あなただけがマジックアイテムを持ってるわけじゃないってこと。そして、それを使いこなす実力が私にはあるの。理解できたかな？」

「ええ。あなたが強いことはわかりました。でも、僕が負けることはなさそうです」

淡々とした口調で彼方は言った。

「………ふっ、ふふっ」

リムエルは口元に短剣を寄せて、笑い声を漏らす。

「彼方くんだっけ？　あなた、面白いわ。久しぶりに楽しい決闘になりそう」

無言で話を聞いていたレンドンが口を開く。

「お互いに決闘士は揃《そろ》ったようですね。では、決闘を始めたいと思いますが」

「彼方っ！」

ティアナールが彼方に駆け寄り、耳元に口を寄せる。

「リムエルを甘く見るな。あいつは………」

「暗器のリムエルですよね。ここに来る前に少しですけど情報を仕入れてきました」

「そうだ。短剣が主要な武器だが、他にも武器を隠し持ってるぞ」

「みたいですね。戦闘慣れしてて、人を殺すことに躊躇《ちゅうちょ》しない危険な相手だと思います」

「それなのに決闘士を引き受けてくれるのか？」

「ええ。アルベールさんが相場の報酬を払ってくれると約束してくれましたし、ティアナールさんは大切な友人だと思っているから」

「大切な友人………」

「はい。迷惑かもしれないけど」

「ばっ、バカなことを言うな」

ティアナールの尖った耳が真っ赤に染まる。

「迷惑であるはずがない。私のほうが、お前を大切に」

「おいっ！」

カーティスが不機嫌そうな声を出した。

「いつまで時間稼ぎしてるんだ？　さっさと終わらせるぞ。結果がわかってる決闘をな」

「はい。お待たせしました」

彼方はティアナールから離れ、微笑するリムエルの前に立つ。

二人の間でレンドンが口を開く。

「それではレイマーズ家のカーティスとリフトン家のティアナールの決闘を始めます。決闘はお互いの代理人である決闘士が行い、その勝者の主張が正しいと認めます。異論はありませんね？」

「もちろん、ないよ」

カーティスがそう言い、ティアナールは無言でうなずいた。

「決闘士のお二人も問題ありませんね？」

彼方とリムエルは相手から視線をそらさずに、首だけを縦に動かす。

「リムエルさん。わかってると思いますが、相手が降参した場合は決闘は終わりです。その後は相手に危害を加えないように」

「わかってるって。でも………私、戦闘になると熱くなっちゃうタイプだから、相手の降参の声が聞こえない時があるのよね。その時はごめんなさい。あなたが生きているうちに謝っておくわ」

紅を塗った唇の両端を吊り上げて、リムエルは彼方を見つめる。

「では………」

レンドンが彼方とリムエルから距離を取った。ティアナールとカーティス、アルベールもレンドンの背後に回る。彼方は数歩下がって、機械仕掛けの短剣を構えた。

――この決闘士は強い。短剣の扱いに慣れているし隙がない。元の世界の僕なら、すぐに殺されてしまうだろう。でも、今の僕は何度も戦闘を経験して強くなっている。それに機械仕掛けの短剣の効果でスピードと防御力も上がっているし、ネーデの腕輪の効果で力も強くなっている。

「では、始めっ！」

レンドンのかけ声とともに、リムエルが右手で短剣を構えた。腰を軽く落とし、ピンク色の舌で上唇を舐める。

「さて……………と、とりあえず、彼方くんの腕前を見せてもらおうかな」

そう言うと同時にリムエルは一気に前に出た。一瞬のフェイントをかけ、彼方のノドを狙って短剣を突く。

その攻撃を彼方は首をひねってかわす。

リムエルは笑いながら、攻撃を続ける。素早く短剣を突き、ぐっと体を沈めて右足で彼方の足を刈ろうとする。

彼方は左足を下げると同時に機械仕掛けの短剣を振り下ろした。

今度はリムエルがそれをかわす。

「やるわね」

リムエルはふっと息を吐き、数歩下がった。

「Fランクの冒険者とは思えない。Dランクレベルってところかな」

「あなたも強いですね。でも、本気を出したほうがいいですよ」

「本気って?」

「左利きなんだから、短剣は左手で持ったほうがいいってことです」

彼方の言葉にリムエルの頬がぴくりと反応した。

「私が左利き?」

「情報屋は右利きって言ってましたけど、あなたの動きでわかります。今まで隠してたんですか?」

「……………へーっ、よく気づいたね」

リムエルが短剣を左手に持ち替える。

「右手で握った短剣で小石を斬った行動も、ちょっとわざとらしかったから。その前に表情にも変化があったし。右利きと見せかけておいて、ここ一番で左手で攻撃するつもりだったんですよね？」

「………そっか。これは予想外だったな」

リムエルは右手で髪の毛をかき上げながら、真っ赤な唇を動かす。

「認めてあげる。あなたの強さを。でも、可哀想に」

「可哀想？」

「ええ。あなたは私を本気にさせたから………」

その言葉と同時にリムエルは彼方に襲い掛かった。

赤紫色に輝く短剣の刃が彼方の左目を狙う。

彼方は機械仕掛けの短剣でそれを受けた。甲高い金属音が林の中に響く。

「まだまだっ！」

リムエルは低い姿勢から斜めに短剣を振り上げる。彼方が上半身をそらすと、彼女はさらに一歩前に出た。首を回すようにして長い髪の毛で彼方の視界を塞ぐ。

「はあっ！」

リムエルはさっきより速いスピードで短剣を突いた。

その攻撃も彼方は体をひねってかわす。

「でしょうね」

赤紫色のリムエルの瞳が輝いた。

短剣を引くと同時に右手を動かす。何も持っていない右手には、いつの間にか黒い釘のようなものが握られていた。

その釘が彼方の首筋に迫る。彼方は素早く左手を動かし、釘の攻撃をネーデの腕輪で防いだ。

キンと音がして、釘の先端が曲がる。

「ちっ！」と舌打ちをして、リムエルは彼方から距離を取った。

「気づいてたのね」

「ええ。暗器のリムエルって呼ばれてるんだから、当然、警戒しますよ。さっき髪の毛をかき上げた時の手の動きに違和感があったし」

彼方は攻撃を防いでくれたネーデの腕輪をちらりと見る。

——この腕輪に使われている素材は相当硬い。大抵の攻撃なら受け止めることができそうだ。力が強くなるだけじゃなくて、防具としても使えるのは有り難いな。まあ、こんな腕輪の使い方ができる人はそんなにいない気もするけど。

「これは驚いたわね」

リムエルが先端の曲がった釘を足元に落として、軽く肩を動かす。

「暗器に気づかれても、殺せると思ったんだけどなぁ。まさか、腕輪で止められるなんてね」

「攻撃の軌道を予測すればなんとかなりますよ」

——それに機械仕掛けの短剣の効果で僕のスピードと防御力はアップしてる。この程度の攻撃なら、余裕を持って避けられる。

「リムエルさん、もう、止めませんか？」

「………止める？」

「はい。あなたの短剣よりも僕の短剣のほうが魔法の効果が強いみたいです。それにあなたの強さは僕とは相性が悪い」

「相性が悪いって？」

「あなたは相手の隙をつく変則的な攻撃が得意なんですよね。でも、僕は騙《だま》されない。あなたの表情や仕草、動きから、攻撃が予想できるんです」

「………ウソを言ってる目じゃないわね」

リムエルは口元に短剣を寄せて、一瞬、考え込む。

「でも、全てを予想できるわけじゃない。それにあなたの弱点も読めた」

「僕の弱点ですか？」

「そう。あなた、人を殺したくないと思っているでしょ？」

その質問に彼方は沈黙した。

「図星みたいね。私だって相手の表情でいろいろわかるの。あなたは育ちがよくて、平和な場所で生まれてる。だから、人を殺すことに躊躇がある」

「………そうですね。否定はしません」

彼方は視線をリムエルに向けたまま、口だけを動かした。

「人だって、モンスターだって、動物だって、殺したくはないです」

「素直に認めるんだ？」

「事実ですからね。でも………」

彼方の瞳の色がすっと暗くなった。

「それはなるべくなら、です。殺すと決めたら、確実に殺します」

「…………ふっ、ふふっ。そうなんだ。意外と冷酷なタイプなのね」

リムエルは右手を軽く動かす。まるで手品のように、その手の中に刃渡り五センチ程の暗器が現れた。

「もう、隠す意味もなさそうだし、素直に見せておくかな」

「まだ、戦うつもりなんですね？」

「もちろん。降参なんてしたら、次の仕事が受けにくくなるし勝算もあるから」

「勝算？」

「ええ。あなたは強い。素質もあるし、いいマジックアイテムも装備してる。でも、まだまだ戦闘の経験が足りない。一年後はわからないけど、今は私のほうが強い」

「戦闘経験が足りないことは自覚してますが、今の時点でも僕のほうが強いと思いますよ」

その言葉にリムエルの頬がぴくぴくと痙攣《けいれん》する。

「じゃあ、それを証明してみなさいよ！」

リムエルは右足を蹴り上げる。さっき足元に落とした先端の曲がった釘が、彼方の顔面に向かって飛んでくる。それを予測していたかのように彼方は機械仕掛けの短剣で釘を弾く。

「ここからよっ！」

リムエルは体を回転させて、回し蹴りを放った。彼女のブーツの先端から尖った刃が見えている。

――まだまだ、暗器を隠しているみたいだな。

彼方はリムエルの蹴りをかわすと同時に機械仕掛けの短剣を振り下ろす。刃の先端がリムエルの腕をかすめる。

リムエルは唇を歪《ゆが》めて彼方から離れる。彼女の腕から赤い血が流れ出した。

「わざと腕を狙ったのね。お優しいこと。でも、それが命取りよっ！」

リムエルは体をひねるようにして短剣を投げる。

その方向は彼方ではなく、十数メートル先にいたティアナールだった。

リムエルが短剣を投げることを彼方は予測していた。

しかし、その狙いがティアナールだと気づいたのは短剣を投げる直前だった。

——腕の振りが変だ。視線……………そうか、ティアナールさんを狙うつもりか！

自分が攻撃されるとは思っていなかったのだろう。ティアナールの反応が一瞬遅れた。

——まずい！　間に合えっ！

彼方は地面を右足で強く蹴り、限界まで左手を伸ばす。その手のひらに短剣が刺さった。

「ぐっ…………」

彼方の顔が痛みで歪み、刺さった短剣がゆっくりと地面に落ちる。

ぽたぽたと流れ出した彼方の血を見て、リムエルは舌を出した。

「手の甲まで突き刺せるぐらいの力は込めたつもりだったけど、防御力を強化する魔法が短剣か腕輪に付与されてるのかな」

「…………まあね」

彼方は暗く低い声で答える。

「彼方っ！」

ティアナールが彼方に駆け寄った。

「おっ、お前、私を守って………」

「かすり傷ですから、大丈夫ですよ」

「し、しかし………」

緑色の瞳が潤み、色を失った唇が小刻みに震える。

「リムエルさん」

レンドンが眉間にしわを寄せて、口を開いた。

「これはどういうことですか？」

「ごめんなさい。手元が狂ったのよ」

リムエルは目を細くして、左手を軽く振る。その手には別の短剣が握られていた。

「変だなぁ。彼方くんを狙ったつもりだったのに」

「そっ、そうだ」

カーティスが上擦った声で言った。

「偶然の事故じゃないか。仕方ないだろ」

「そうそう。別にいいじゃない。エルフの騎士さんがケガしたわけでもないしさ」

リムエルは視線を彼方に戻す。

「それに、ちゃんと攻撃は彼方くんに当たったんだしね」

「………ええ」

彼方は傷ついた自分の手のひらを見る。

「………難しいな」

「んっ？　何か言った？」

「全てを予測して、それに対処するのは難しいって言ったんです」

リムエルから目を離さずに、彼方はティアナールから離れる。

「安心して。立会人にも怒られちゃったし、もう、百人長さんは狙わないから」

「舐めるなっ！」

ティアナールが鋭い声を出す。

「今度、同じことをしたら、決闘など関係なく私がお前を殺す！」

ティアナールの隣にいたアルベールも怒りの表情を浮かべて、ロングソードを構えた。

「だからぁ、やらないって言ってるでしょ」

リムエルは半開きにした唇の中で舌を生き物のように動かす。

「じゃあ、そろそろ終わりにしましょうか」

「………意見が合いましたね」

彼方は機械仕掛けの短剣を握り直す。

「それじゃあ………」

リムエルが右手に隠し持っていた釘を投げる。その攻撃を彼方は首だけを動かしてかわした。

「まだまだ、終わりじゃないからっ！」

リムエルは彼方の周囲を回りながら、釘を投げ続ける。

「なくなるのを期待しても無駄だからね」

リムエルの言葉に反応することなく、彼方は機械仕掛けの短剣で全ての釘を叩き落とした。

「一本も当たらない…………か」

リムエルは短剣の刃を口元に寄せて、動きを止める。

その仕草に彼方は違和感を覚えた。

――そうか。呪文だな。口元を刃で隠して詠唱してるんだ。

リムエルの目がぎらりと輝く。

「終わりよっ！」

リムエルの頭上に数十本の炎の矢が出現した。

同時に彼方も意識を集中させる。現れた三百枚のカードから、素早く一枚を選択した。

呪文カード

オーロラの壁

★（1）

指定の空間に物理、呪文、特殊攻撃を防御する壁を５秒間作る

再使用時間：２日

レアリティ：ブロンズ

彼方の目の前に白、赤、緑に変化する半透明の壁が現れた。その壁が向かってきた数十本の炎の矢を全て受け止める。

連続で爆発音がして、周囲が煙で覆われる。

オーロラの壁が消えると同時に彼方は動いた。勝利を確信していたリムエルに駆け寄り、機械仕掛けの短剣を振り下ろす。リムエルは短剣で彼方の攻撃を受けようとしたが、刃が当たった瞬間に彼女の短剣は地面に叩き落とされる。

「ぐうっ………」

苦痛に顔を歪めて、リムエルは新たな短剣を左手に出現させる。

「遅いっ！」

彼方はその短剣も機械仕掛けの短剣で叩き落とす。

さらに、彼方の攻撃は続いた。

常人ではありえないスピードで機械仕掛けの短剣を突き続ける。

リムエルの肩、腕、腹部に太股に短剣の先端が当たり、その部分から血が流れ出した。

「ひっ………ひっ！」

リムエルは転がるようにして彼方から距離を取る。

「あなたの切り札は暗器ではなく火属性の呪文攻撃だったたってわけか。今まで隠し通してきたみたいですけど、無意味でしたね」

「なっ、何よ。あなた………防御呪文も使えるってわけ？」

「ええ。それが僕の切り札ですよ」

彼方はカードのことを話さず、堂々とウソをついた。

「わかってると思いますけど、さっきの攻撃は手加減してます。今度はもう少し、深く刺すので覚悟してくださいね」

「あ………………」

リムエルの顔から血の気《け》が引く。

「まっ、待って！　負け、私の負けよ」

「聞こえませんね。僕は戦闘になると熱くなるタイプだから、降参の声が聞こえない時があるんですよ」

そう言って、彼方は機械仕掛けの短剣をリムエルの右肩に突き刺す。

「があっ………………」

リムエルの体がよろめく。

「これで終わりです」

彼方は機械仕掛けの短剣を振り上げた。

「私の負けよっ！　許して！」

林の中に悲鳴のような声が響いた。

刃がリムエルの首筋に触れると同時に、彼方は攻撃をぴたりと止めた。

「レンドンさん」

立会人のレンドンに彼方は視線を向ける。

「決闘は僕の勝ちでいいですか？」

「あ、ああ…………」

レンドンは口を半開きにして、首を縦に動かす。

「この決闘は、リフトン家のティアナール百人長の勝ちとします」

その言葉と同時に、リムエルはへなへなとその場にくずおれた。


「ふっ、ふざけるなっ！」

カーティスが声を震わせて激高した。

「こんな結果、僕は認めないぞ！」

呆然と座り込んでいるリムエルにカーティスは駆け寄る。

「おいっ！　どういうつもりだ？　降参を撤回して、最後まで戦えっ！」

「…………」

リムエルは魂が抜けてしまったかのように口を半開きにしたまま、全く動こうとしない。

「無理ですよ」

彼方がカーティスに声をかける。

「リムエルさんは理解したはずです。僕には絶対に勝てないって」

「絶対だと？」

「ええ。百回やっても、僕が百回勝ちます。百通りの方法で」

「戯《ざ》れ言《ごと》をっ！　まぐれで一度勝ったぐらいで」

「カーティス殿」

レンドンがカーティスの肩に触れた。

「まぐれでも勝ちは勝ちです。あなたの代理の決闘士は負けを宣言したし、戦意を失っていることは明白です」

「僕の父はレイマーズ家のアーロンだぞ」

「もちろん、知ってますよ。でも、それは関係ないでしょう。私の判断に異論があるのなら、裁判所にでも訴えられたらいかがですか？」

「ぐっ…………」

カーティスはぶるぶると体を震わせて、視線をティアナールに向ける。

「何だよ！　どうして、こんな…………。くそっ！」

ティアナールを攻撃する言葉を思いつかないのか、カーティスは何度も口を開けては閉じる。

そして――。

「こんな決闘、最初からどうでもよかったんだ。バカバカしい」

そう言うと、カーティスは彼方たちに背を向け、その場から去っていった。

リムエルもふらつく足取りで林の奥に消える。

「彼方っ！　ケガは大丈夫なのか？」

ティアナールが心配そうな顔をして、彼方の手を握る。

「…………血は止まっているか」

「はい。機械仕掛けの短剣の効果ですよ。この短剣はスピードと防御力を上げる効果があるから」

彼方は声を潜めて、ティアナールの耳元で唇を動かす。

「そうか。よかった」

ティアナールの緑色の瞳が潤む。

「お前が強いことはわかっていたが、暗器のリムエルも強いと評判だったからな」

「たしかに強い相手だったと思います。元の世界の僕なら、殺されていたでしょう」

「………彼方」

ティアナールは彼方の手を握ったまま、桜色の唇を動かす。

「私を守ってくれたんだな」

「つい、手が出てしまったんです。もう少し早く、リムエルの意図に気づいていたら、他の対処法もあったんですが」

「自分がケガをしてもよかったのか？」

「そこまで考える時間がなかったから。とにかく、あの時はティアナールさんを守らないとって思って」

「ま………守る？」

「はい。よく考えたら、ティアナールさんなら避けられたかもしれませんね」

そう言って、彼方は微笑した。

ティアナールの顔が熟れたラグの実のように真っ赤になる。

「か、彼方………私は………」

「いつまで、姉上の手を握ってるっ！」

突然、アルベールが彼方とティアナールの間に割って入った。

「彼方っ、お前には感謝するが、恩を笠《かさ》に着て、姉上の手を握り続けるのは恥ずべき行動だぞ！」

「あ、う、うん」

彼方は頬をぴくぴくと動かす。

──あれ？　僕から手を握ってたっけ？

「とはいえ、お前には感謝する。お前のおかげで姉上とリフトン家の名誉が守られたのだからな。ちゃんと報酬は渡すから、有り難く受け取るといい」

「あ、ありがとうございます」

「アルベールっ！」

ティアナールがアルベールの頭を強く叩いた。

「彼方は私の恩人だぞ。もっと敬意を払え！」

「でっ、ですから、ちゃんと感謝すると言いました」

涙目でアルベールが反論する。

「それに報酬もちゃんと渡しますから」

「当たり前だ！」

ティアナールは、もう一度、アルベールの頭を叩いた。

二人の会話を聞いていた彼方の頬が緩んだ。

──ティアナールさんはアルベールさんをよく叱っているけど、これは愛情の裏返しなのかもしれないな。

第二章

次の日の朝、彼方《かなた》とミケは西地区の大通りにある武器と防具の店『紅《あか》き月の武具店』に向かった。

木製の扉を開くと、広い店内には十数人の冒険者たちがいた。彼らは店内に並べられた武器や防具を真剣な表情でチェックしている。

「彼方、今日は何を買うのかにゃ?」

隣にいるミケが彼方に質問した。

「短剣でいいのがないかな、って思ってね」

「にゃっ！　彼方はいろんな武器を持ってるにゃ。それなのに、まだ欲しいのかにゃ?」

「僕が具現化してる武器は時間制限があるからね。早いのだと数分で使えなくなる武器もあるし」

彼方は壁に掛けられた剣や斧《おの》に視線を向ける。

――百種類のアイテムカードの中で、武器は三十種類だ。長く具現化できる物は二日間だから、交互に使っていれば問題ない。でも、普通の武器も持っていたほうがいいからな。戦闘に慣れてきた今の僕なら、それで充分戦えるし。

長さが二メートル近い巨大な剣が彼方の瞳に映る。

――ネーデの腕輪の能力で力が強化されているから、大剣も使えるだろう。ただ、カードを選択することを考えるなら、やっぱり短剣がいいな。

「いらっしゃいませ」

商人風の服を着た男が彼方に声をかけた。

「何をお探しでしょうか？」

「短剣をちょっとね」

「…………短剣ですか」

店員は彼方のベルトにはめ込まれたFランクのプレートを見る。

「それなら、安い短剣がある売り場にご案内します」

「えーと、魔法が付与されてる短剣は高いのかな？」

「あ…………そうですね。刃の強化と血のりや脂を弾く魔法が付与されたものなら、金貨三枚からあります」

「他にはどんな魔法が付与されてるものがあるんでしょうか？」

「斬れ味を鋭くする魔法や重さを軽くしてスピードを上げる魔法などがあります。後は火や光の属性がついているものなどでしょうか」

店員はショーケースの中に展示されていたロングソードに右手の先を向ける。

「例えば、あのロングソードは闇属性のモンスターに大きなダメージを与える光属性の魔法が付与されています。当然、基本である刃の強化等の魔法も付与されていますので、価格は金貨十枚になります」

「金貨十枚か…………」

彼方は腕を組んで考え込む。

――日本のお金で考えると、約百万円だな。いい魔法が付与されている武器は高いってことか。

アルベールさんから決闘士の報酬で金貨四枚をもらえたし、刃の強化と血のりや脂を弾く短剣にするか。あくまでも予備だし、それで充分だろう。

「じゃあ、金貨三枚の短剣を見せてもらえますか？」

「はい。では、こちらにどうぞ」

店員は短剣が並べられたショーケースに彼方を案内する。

「こちらの一番端の短剣が金貨三枚です」

「持ってみていいですか？」

「もちろん、いいですよ」

店員はにこやかに笑いながら、短剣を彼方に渡す。

短剣は刃に厚みがあり、柄《つか》の部分に日本語に翻訳されない文字が刻まれている。

彼方はその短剣を軽く振った。

――機械仕掛けの短剣より、ちょっと重いか。でも、使い心地は悪くないな。

「…………じゃあ、これを買います」

「あ…………は、はい」

店員が少し驚いた顔をした。

「んっ？　どうかしました？」

「いえ。Ｆランクの冒険者の方はもっと安い武器を買われることが多いので」

「あーっ、なるほど」

彼方は魔法のポーチから革袋を取り出し、金貨三枚を店員に渡す。

「ちょっと、いい仕事があったんですよ」

「彼方、彼方っ！」

ミケが銀製の甲冑《かっちゅう》を指差す。

「ミケはあれを買いたいにゃ。かっこいいのにゃ」

「いや、ミケとはサイズが合わないし、こんなの装備してたら攻撃を避《よ》けにくくなるよ」

彼方は笑いながら、並んでいる防具を見回す。

――防具も魔法が付与されたものは高いな。甲冑は僕の戦い方に合わないけど、この鎖帷子《くさりかたびら》はいいな。軽くて動きやすそうだ。でも、金貨八枚か。当分、買えそうにないや。

革袋に入った硬貨を見て、彼方はため息をついた。


紅き月の武具店を出ると、太陽が真上に輝いていた。

「彼方っ、まずはお昼ご飯を食べるにゃ」

ミケが彼方の袖を摑《つか》んだ。

「水晶通りにチーズとお肉をはさんであるパンを売る屋台があるのにゃ。銅貨四枚で食べられて、すごく美味しいのにゃ」

「いいね。じゃあ、今日の昼食はそこにしようか」

「うむにゃ。腹ごしらえしてから、冒険者ギルドに行くにゃ」

二人は大通りを北に向かって歩き出した。

石畳の十字路を左に曲がると、言い争うような声が聞こえてきた。

十三歳ぐらいの少年の姿が彼方の視界に入った。

少年は色褪《いろあ》せた若草色の上着に灰色のズボン姿で、頭部にウサギのような長い耳が生えている。髪の毛はクリーム色で幼い顔立ちをしている。

少年の前には三十代ぐらいの二人の男がいた。体格がよく、革製の胸当てにはDランクの冒険者である緑色のプレートがはめ込められている。

——何かのトラブルかな？

彼方は三人にそっと近づいた。

「話が違うのです！」

ウサギの耳を持つ少年が、二人の男たちを睨《にら》みつけた。

「ブラッドスライム退治を手伝ったら、リル金貨三枚もらえるはずです。そう約束したです」

「ああっ⁉」

黒いひげを生やした男が太い眉を吊《つ》り上げた。

「Fランクのくせに文句言うな。倒したブラッドスライムもお前が一番少なかったじゃねぇか」

「でも、あなたたちはその分、最初から報酬が多いです。それに僕は荷物もいっぱい持ちました」

「だから、リル金貨一枚はやるって言ってるんだ。それでいいだろ？」

「僕はケガもしました。治すのにお金もかかるです」

「うるせぇな！」

痩せた男が少年の胸を強く突いた。

少年は石畳の上に横倒しになる。

「文句があるなら、せめてEランクになってから言え！」

男は一枚のリル金貨を、放り投げた。金貨は少年の頭に当たって石畳の上に落ちる。

「それだけあれば、薬草買って、釣りも出るだろ」

男たちは笑いながら、その場から去っていった。

彼方は少年に歩み寄り、声をかける。

「大丈夫？」

「あ………」

声をかけられたことに驚いたのか、少年は青紫色の目をぱちぱちと動かした。

「あなたは………」

「僕は氷室《ひむろ》彼方。君と同じFランクの冒険者だよ」

彼方は少年の左腕が焼けただれていることに気づいた。よく見ると、一部が膨らんでいる。どうやら、骨が折れているようだ。

「その腕、折れてるよね？」

「は………はい。ブラッドスライムの群れに囲まれて、崖から飛び降りた時に腕を強く打って」

「じっとしててくれるかな」

彼方は意識を集中させて、一枚の呪文カードを選択する。

呪文カード

リカバリー

★（1）

対象の体力を回復し、ケガを治す

再使用時間：3日

レアリティ：シルバー

鉄琴を叩《たた》いたような音がして、彼方の右手が白く輝く。その右手を少年の腕にかざした。

白い光が少年の腕を照らし、焼けただれた傷がみるみる回復する。

「あ………」

少年は驚いた顔で自分の腕を見つめる。

「回復呪文が使えるのですか?」

「一応ね。一日に何度も使えるわけじゃないけど」

「あっ、ありがとうなのです」

少年は深く頭を下げた。

「僕はマエル村のピュートです」

「ミケはミケにゃ!」

彼方の隣にいたミケが元気よく挨拶する。

「ピュートもハーフかにゃ？　ウサギの耳がかっこいいにゃ」

「はい。人間と獣人のハーフです」

そう答えて、ピュートは彼方を見上げる。

「……………あの、おいくらでしょうか？」

「えっ？　おいくらって？」

「治療のお金です。僕はリル金貨一枚と銀貨四枚しかなくて」

「無料でいいよ。別に薬を使ったわけじゃないし」

「本当ですか！」

ピュートの表情がぱっと明るくなった。

「優しいです。優しい魔道師さんです」

「あ、いや。僕は魔道師じゃないんだ」

「魔道師じゃないのに回復呪文を使えるですか？」

「うん。まあ……………ね」

「すごいです。マエル村にも回復呪文が使える魔道師がいました。でも、こんなに完璧に傷は治せなかったです」

ピュートはぐるぐると左腕を回す。

「もう、全然痛くないのです」

笑顔で腕を動かしているピュートを見て、彼方の口元がほころぶ。

――これでリカバリーは三日間、使えなくなった。このカードは温存したほうがいいんだけど、ひどいケガだったしな。

「ありがとうなのです。これで少しだけど妹に仕送りできるです」

「妹さんがいるんだ？」

「はい。妹のラピィは病気なのです。だから、僕が頑張って薬代を稼がないといけないのです」

「親はいないのかな？」

「オーガに殺されたです」

ピュートの瞳が僅《わず》かに潤んだ。

「………………そっか」

彼方はじっとピュートを見つめる。

――ミケも両親をゴブリンに殺されたって言ってたな。この世界じゃ、モンスターに殺されることは、よくあることなんだろう。

「本当にありがとうなのです」

「気にしなくていいから。お互いにFランクだし、助け合いってことで」

「それなら、次は僕が彼方さんを助けます」

ピュートはぐっとこぶしを握り締める。

「優しくしてくれた人には、ご恩返ししないといけないのです」

「じゃあ、僕が困ってた時はよろしく頼むよ」

「はいっ！　きっとお役に立ってみせます！」

そう言って、ピュートはポンと自分の左胸を叩いた。

ピュートと別れた後、彼方とミケは水晶通りにある屋台で食事をした。

ミケおすすめのパンを食べた後、冒険者ギルドに向かう。

冒険者ギルドには数十人の冒険者たちがいた。彼らはボードに貼られた依頼書を見たり、受付の女性と会話をしたりしている。

ミケは顔なじみのミルカのいる受付に駆け寄った。

「ミルカちゃん、元気そうでなによりにゃ」

「あ、こんにちは。ミケさん」

ミルカは笑顔でミケに挨拶した。

ミルカは外見は二十代ぐらいのメガネをかけたハーフエルフでセミロングの髪は黒かった。シャツの胸元は大きく膨らんでいて、腰の部分はきゅっとくびれている。

「今日もお仕事探しですよね？」

「うむにゃ。Ｆランクでもできる仕事はあるかにゃ？」

「ちょっと待ってくださいね。たしか、あれがまだ残ってたはず」

ミルカは黄白色の用紙をチェックする。

「あ、やっぱり残ってますね」

「どんな依頼なんですか？」

彼方がミルカに質問した。

「これは、商人のバーゼルさんの依頼で、新しいダンジョンの探索ですね」

「新しいダンジョンですか？」

「はい。ガリアの森の中でバーゼルさんが見つけたんです。なかなか広いダンジョンみたいで、百人の冒険者を雇いたいとのことでした」

「Ｆランクの冒険者でもいいんですか？」

「はい。バーゼルさんの希望はＤランク以下の冒険者なので」

ミルカは彼方の耳元に口を寄せる。

「Ｃランク以上は依頼料が高くなっちゃいますからね。それよりも人数を増やしたいみたいです」

「依頼料はどのくらいなんですか？」

「日給制になってて、Ｄランクが一日リル金貨四枚で、Ｅランクがリル金貨三枚、Ｆランクがリル金貨二枚です。一日で作業が終わったら、それだけですが、もし三日続くのなら、報酬は三倍になりますね」

「リル金貨二枚か…………」

彼方は口元に親指の爪を寄せて、考え込む。

――日給二万円の仕事ってところか。日本なら悪くない金額だけど、命にかかわる仕事でもあるからな。

「それだけ冒険者を雇うってことは、ダンジョンにモンスターがいる可能性が高いんですか？」

「そのへんは運もあるんです。モンスターがいなくて楽な仕事になることもあれば、強いモンスターに遭遇して死ぬ可能性もあります」

ミルカの眉間に深いしわが刻まれる。

「依頼を受けるか受けないかは彼方さんたちが判断することですけど、受けるのなら充分に気をつけてくださいね」

「………ええ」

彼方は真剣な表情でうなずいた。

◇

翌日、彼方とミケはガリアの森の中にあるダンジョンに向かって出発した。

新しく見つかったダンジョンは王都から徒歩で二日かかる距離にあり、そこで依頼主のバーゼルと合流することになっていた。

彼方はミルカから受け取った地図を確認しながら、西に向かって深い森の中を歩き続ける。

地面には多くの真新しい足跡が残っていた。

――きっと、バーゼルさんに雇われた冒険者たちだろうな。

「彼方っ！　ポク芋見つけたにゃ！」

ミケが根に絡みついている芋を彼方に差し出した。

「これをお弁当といっしょに食べるにゃ。焼いてお塩を振ると美味しいのにゃ」

「へーっ、よく見つけたね」

「葉っぱに特徴があるからにゃ。ちょっと、ぎざぎざしてるのにゃ」

「携帯用の食糧は用意してるけど、現地調達で新鮮なものが食べられるのはいいね」

「うむにゃ。ダンジョンに行くまでミケがいろいろ美味しいものを見つけてあげるのにゃ」

「ははっ、期待してるよ」

その時――自分の顔めがけて飛んでくるナイフが見えた。

彼方は上半身をひねるようにして、そのナイフをかわす。

ナイフは広葉樹の木の幹に深く突き刺さる。

彼方は鋭い視線を十数メートル先の茂みに向けた。

その場所から現れたのは彼方と前に揉《も》めたDランクの冒険者のウードだった。

「おっと、すまねぇな」

ウードはにやにやと笑いながら、彼方に近づく。

「背が低いからゴブリンと勘違いしちまったぜ」

「………どういうつもりですか？」

彼方は低い声で質問する。

「だから勘違いだって言ってるだろ。よくある事故さ」

ウードは彼方の横をすり抜けて、木の幹に突き刺さったナイフに手を伸ばす。

「お前、この辺りにいるってことはバーゼルの依頼を受けたんだな？」

「ええ。あなたもそうですよね？」

「ああ。悪くない依頼料だったからな」

首をかくりと曲げて、ウードは彼方を見下ろす。

「今回の依頼は日給制だ。この前のように運よくモンスターを倒しても意味ないからな」

「…………そうですね。あなたがモンスターを倒してくれれば楽でいいです」

「ふんっ！　お前ら、Ｆランクは荷物持ちでもしてればいい。どうせ、役に立たねぇだろうしな」

「おいっ、ウード」

ウードの背後に体格のいい男が現れた。男は鉄の鎧《よろい》を身につけていて、巨大な斧を背負っていた。

「何やってるんだ。さっさと行こうぜ」

「ああ。ちょっと見知った奴がいたんで挨拶してただけさ」

ウードは片方の唇の端だけを吊り上げる。

「まあ、Ｆランクがダンジョンで死ぬことはよくあるからな。せいぜい気をつけておくことだ。事故はどこでも起こるからな」

そう言って、ウードは斧を持った男といっしょに茂みの奥に消えていった。

「彼方っ！　大丈夫かにゃ？」

「うん。ちゃんと避けたから」

彼方はミケの頭を撫《な》でながら、唇を強く結ぶ。

――ウードには気をつけたほうがいいな。ああいうタイプは何をするかわからない。モンスターなら倒せばいいけど、同じ依頼を受けてる冒険者同士だからな。

◇

ナイフで傷ついた木の幹を見て、彼方の表情が引き締まった。

王都から出て二日後の午後、彼方とミケは目的の場所にたどり着いた。

そこは高さ数十メートルの崖の下にあり、ダンジョンの入り口の前の平地にはいくつものテントが張ってあった。テントの近くには数十人の冒険者たちが座り込んでいる。

その中にシーフのレーネがいることに気づいて、彼方の表情が和らいだ。

彼方に気づいたレーネの瞳がぱっと輝く。

「あ、彼方。あなたもこの依頼を受けたんだね」

「うん。Fランクでもよかったから」

「みたいね。今回はDランク以下の募集だったみたいだし」

レーネは首を傾けて、彼方の顔を覗《のぞ》き込む。

「さっさと昇級試験受けたらいいのに。あなたならすぐにBランクまでいけるでしょ?」

「いや、この前の試験には間に合わなくてさ」

「あーっ、依頼受けてるとそういうこともあるか」

レーネは視線を彼方の隣にいたミケに向ける。

「で、そこの猫ちゃんと、まだ、つるんでるのね」

「うん。ミケはうちのパーティーのリーダーだから」

「リーダーねぇ………」

レーネは彼方の耳元に口を寄せる。

「もしかして、ミケってあなたの恋人………じゃないよね?」

「違うよ」

彼方は笑いながら否定する。

「ミケは信頼できる仲間で妹みたいなものかな」

「………そっか。妹か」

少し安心した様子で、レーネは自分の左胸に手を置く。

「まあ、普通はもう少し年上の女を恋人にするよね。は、ははっ」

「う、うん」

――あれ？　この言い方、前にティアナールさんも言ってたような………。

「と、レーネがいるってことは、ザックさんとムルさんもいるの？」

「うん。奥のテントで武器の手入れをしてるよ。今回は楽な依頼になりそうだけどね」

「そうなんだ？」

「先にBランクの冒険者が最下層まで潜ったの。で、危険なモンスターはいなかったって」

「えっ？　Bランクもいるんだ？」

彼方の質問にレーネがうなずく。

「依頼主のバーゼルさんが専属で雇ってる冒険者がBランクなの。魔法戦士で強力な呪文も使えるみたい」

「魔法戦士か………」

「彼方も似たようなものだよね。召喚呪文も使えるし、物理的な戦闘も得意だから」

レーネはじっと彼方を見つめる。

「あなたと、あのBランクの魔法戦士が戦ったら、どっちが強いか気になるところね」

「僕より強いと嬉《うれ》しいかな」

「んっ？　そうなの？」

「だって味方が強いと仕事が楽になるから」

「あははっ、たしかにそうね」

二人は顔を見合わせて笑う。

「おっ、彼方くんも来てたのか」

レーネの背後から、銀の胸当てをつけたアルクが現れた。

アルクは彼方がゴブリン退治の仕事を受けた時に、まとめ役をやっていたDランクの冒険者だ。

「アルクさんも依頼を受けてたんですね」

「ああ。最後の百人目に滑り込めたんだよ。それ以上の募集はしてなかったから幸運だったよ。女神ラーキルに感謝しないとな」

そう言って、アルクは右手の人差し指と中指を絡めて、祈るようにまぶたを閉じる。

「彼方さんっ！」

遠くから、彼方の名を呼ぶ声が聞こえた。

視線を動かすと、ウサギの耳を持つ少年ピュートの姿が目に入った。

ピュートは息を弾ませて、彼方に駆け寄る。

「ピュートも依頼を受けてたんだ」

「はい。彼方さんといっしょに仕事ができて、嬉しいです」

長いウサギの耳を動かして、ピュートは白い歯を見せる。

「よろしくお願いしますです」

「うん。こちらこそよろしく。知り合いが多くて気が楽になったよ」

彼方もピュートに笑みを返す。


「皆さん、集まってくださーい！」

商人風の服を着た女が両手を上げて冒険者たちを集めた。

「今からバーゼルさんのお話がありますので、静かに聞いてくださいね」

女の背後のテントから白髪《しらが》の老人が現れた。

老人――バーゼルは黄土色のぶかぶかした服を着ていて、顔はしわだらけだった。

背は低く腰が曲がっていて、右手には杖《つえ》を持っている。

「さてと………みんな、集まったようだし、仕事内容を説明させてもらおうかの」

バーゼルはダンジョンの入り口を指差す。

「あんたらには、今からダンジョンの探索をしてもらう。目的は中にあるかもしれぬ宝物じゃな」

「あるかもってことは、ない可能性もあるんだな？」

先頭にいた冒険者がバーゼルに質問した。

「そうじゃな。もしそうなら、わしは大損ということになる。これだけの冒険者を集めて、依頼料を払うんじゃからな」

冒険者たちの笑い声が漏れた。

「まあ、勝算があるから、あんたらを雇ったんじゃ。もし、宝物が何もなかったとしても、日給分は払うから安心するといい」

「いい宝を見つけたら、追加で金はもらえるのか？」

四十代ぐらいの冒険者がバーゼルに質問した。

「……まあ、それが高価な物なら、考慮してもいいかの」

バーゼルは白いあごひげに触れながら、冒険者たちを見回す。

「とにかく、ダンジョンの中での指示はイリュートに出してもらう」

「イリュート？」

「わしが専属で雇っているBランクの冒険者じゃよ」

バーゼルがそう言うと、テントから二十代前半ぐらいの青年が姿を見せた。

その青年は金の刺繍《ししゅう》がされた白い絹の服を着ていた。髪は銀色で目は閉じているかのように細い。肌は白く、薄い唇の下に小さなほくろがあった。

イリュートは冒険者たちを見回しながら、笑みの形をした唇を開いた。

「魔法戦士のイリュートです。皆さんのまとめ役をやらせていただきます」

柔らかな声は彼方のいる後方まで届いた。

「とりあえず、皆さんを転移呪文で最下層までお送りします」

「その辺りに宝が隠されているのか？」

ひげを生やした冒険者がイリュートに声をかけた。

「ええ。多くのダンジョンは最下層に宝を隠すことが多いですから」

「危険なモンスターはいなかったのよね？」

女の冒険者の質問にイリュートはうなずく。

「はい。私が確認した限りはですが」

冒険者たちの間に弛緩《しかん》した空気が流れた。

「どうやら、戦闘はなさそうだな」

「なんだ。せっかく、武器を新調したのに」

「使わないほうがいいだろ。どうせ日給制なんだし」

「たしかにそうだな。楽に稼げたほうがいい」

イリュートが胸元で軽く手を叩いた。

「油断はしないでください。何が起こるのかわからないのがダンジョンですから」

——あの人がBランクの魔法戦士か。

彼方は十数メートル離れた場所から、イリュートを見つめる。

——武器はロングソードで右利きか。左手には二つの指輪をはめてる。呪文を強化するマジックアイテムあたりかな。

「強そうな人です」

隣にいたピュートがつぶやく。

「うん。頼りになりそうだ」

——こんな状況でも、周囲を警戒しているし、強いのは間違いないな。用心深いタイプに見える。

「では、皆さん。私についてきてください」

イリュートは足音を立てずにダンジョンの入り口に向かう。

冒険者たちも、その後に続いた。

細い石段を降りると、開けた場所に出た。その場所は縦横五十メートル程の広さがあり、土の上に巨大な魔法陣が描かれていた。

「皆さん、その魔法陣の中に入ってください」

イリュートの指示に従って、冒険者たちは魔法陣の中に入った。

――なるほど。この魔法陣を使って転移させるってことか。

彼方は足下の魔法陣を見つめる。

――多くの人間を転移させるには、いろいろ準備が必要みたいだな。ただ、こんな呪文を使える人がたくさんいるのなら、元の世界よりも移動は楽か。

「少し体が揺れるような感覚があるかもしれませんが、じっとしててくださいね」

イリュートは両手の指を胸元で組み合わせて、呪文を唱え始めた。

数十秒後、彼方の体が白い光に包まれた。ふわりと体が浮く感覚がした後、周囲の景色が変化していることに気づいた。

「ここは………」

彼方は口を半開きにして、きょろきょろと辺りを見回す。

そこは直径七十メートルはありそうな巨大な円形の部屋だった。足下にはさっきと同じ魔法陣が描かれていて、周囲の壁は淡い緑色に輝いていた。

――そうか。転移する場所にも魔法陣が必要なんだ。

「ねぇ、彼方。あれ、何だろう?」

レーネが右手で上を指差した。

彼方が視線を上げると、数十メートル上に赤黒い球体があった。球体は何十本の植物のつるのようなもので支えられていて、そのつるは緑色に輝く壁に繋《つな》がっていた。

ドクン……ドクン……。

赤黒い球体が心臓の鼓動のように動いている。

「おいっ、何だあれ?」

他の冒険者たちも球体に気づいて騒ぎ出した。

「落ち着いてください」

イリュートの声が響いた。

「安心してください。あれは危険なものではありません。今のところは、ですが」

「今のところって、どういう意味だ?」

レーネのパーティーのリーダーであるザックがイリュートに質問する。

「とりあえず、バーゼルさんの話を聞いてください」

イリュートは左手を軽く上げる。

すると、上空に大きな鏡のようなものが現れた。

その鏡にはバーゼルが映っていた。

「みんな、聞こえておるかの?」

鏡の中のバーゼルが口を動かす。

「どうやら、聞こえてるようじゃな。では、まずは謝っておこう。すまんのぉ」

「謝るって、何をだよ？」

ザックの声が荒くなった。

「さっきから意味がわからねぇ。ちゃんと説明しろ！」

「まあ、結論から言えば、お前たち全員、ここで死んでもらうことになるんじゃ」

そう言って、バーゼルは悪意のある笑みを浮かべた。

「まずはこの球体の説明からするかのぉ。それは卵じゃ」

鏡の中のバーゼルは視線を球体に向けて、言葉を続ける。

「もちろん、ただの卵ではない。究極のモンスターを生み出す卵じゃ」

「究極のモンスター………」

アルクが掠《かす》れた声を出す。

「どっ、どうしてそんなものを？」

「それは、わしとイリュートがカーリュス教の信者だからじゃよ」

その言葉に冒険者たちがざわめいた。

彼方は強張った顔をしているレーネの耳元に唇を寄せた。

「カーリュス教って何？」

「太古の邪神カーリュスを崇める宗教だよ。欲望のためなら人を殺してもいいって考えで、四つの大国全てが禁止してるの」

「そんな宗教があるのか」

「おいっ！　バーゼルっ！」

ザックが鏡に向かって叫んだ。

「その卵と俺たちに何の関係があるんだ？」

「お前たちは生け贄《いけにえ》じゃ」

「い、生け贄？」

「そうじゃ。その卵には、千年以上生きたドラゴンの骨、ブラックオーガの心臓、クラーケンの目玉にケルベロスのしっぽ、そして数々の秘薬が入っておる。これだけの素材を集めるのに、どれ程苦労したことか………」

バーゼルは小刻みに体を震わせる。

「そして、あるお方のおかげで、魔神ザルドゥ様の血も手に入った」

「ザルドゥの血だと？」

「そうだ」

突然、上空から暗い声が聞こえてきた。

冒険者たちの視線が、全員上を向く。

球体の横には、紫色のローブを着た老人が浮かんでいた。

その老人は骸骨に皮膚だけが張り付いたような顔をしていて、唇はなく歯が剝き出しの状態だった。あばら骨が浮き出た胸元には、能面のような小さな顔が別にある。

「我はネフュータス。魔神ザルドゥの四天王だった者だ」

「ネフュータス………」

ザックの顔が蒼白《そうはく》になった。

「安心するがよい。我は手を出さぬ。一瞬で殺しては意味がないからな」

老人――ネフューータスは剝き出しの歯をカチカチと鳴らした。

「お前たちには、極限まで恐怖と絶望を感じながら、時間をかけて死んでもらう。それがこの秘術には重要な要素だからな」

「恐怖と絶望………」

「光栄に思うがよい。お前たちの魂と血と肉は、究極の生命体の一部となるのだ」

「たっ、助けて！」

女の冒険者が胸元で両手を合わせた。

「私、死にたくないの。何でもするから助けてください」

「それは無理ダナ」

ネフューータスの胸元にある小さな顔が甲高い声で喋《しゃべ》った。

「お前の死は、もう確定してイル」

「そんな………」

その時、冒険者の一人がネフューータスに向かって短剣を投げた。短剣は空気を斬り裂き、深々とネフューータスの左胸に突き刺さる。

しかし、ネフューータスは何のダメージも受けていないようだった。

枯れ木のような細い手で短剣を引き抜き、表情を変えることなく剝き出しの歯を動かす。

「あとはお前にまかせる。儀式が終了したら、知らせるがいい」

「わかりました。ネフューータス様」

イリュートが深々と頭を下げる。

ネフューータスの右手にはめられていた青い宝石のついた指輪が輝く。

数秒後、ネフューータスの姿がぱっと消えた。

「さて……………と」

イリュートが冒険者たちを見回す。

「これで状況はご理解いただけましたか？」

「ふざけるなっ！」

ザックがロングソードの刃先をイリュートに向けた。

「俺たちをここから出せ！」

「それは無理です。こちらの魔法陣から上の魔法陣への転移は不可能ですから」

「それなら、出口を教えろ！」

「そんなことをしたら、私がネフューータス様に殺されてしまいますよ」

イリュートは肩をすくめる。

「まあ、運が悪かったと諦めてください」

「お前、状況がわかってるのか？」

数十人の冒険者たちが、イリュートを取り囲む。

「お前がBランクだったとしても、こっちは百人いるんだ。百人相手に戦うつもりかよ」

「たしかにDランク以下とはいえ、百人は厳しいですね」

「拷問してでも出口を教えてもらうぞ」

「無駄よ」

女魔道師らしき冒険者がイリュートに近づき、杖を振った。

その杖がイリュートの体をすり抜ける。

「光属性の呪文で作った幻影よ。本物じゃない」

「あらら、バレちゃいましたね」

イリュートは目を細くして笑う。

「まあ、出口を教えることはできませんが、少しヒントを差し上げましょう。このダンジョンを出るには特別な扉を通るしかないんです」

「特別って?」

「その扉は十人通すと消えてしまうんですよ。この意味がわかりますか?」

授業をする教師のような口調でイリュートは言った。

「運よく出口を見つけても、助かるのは十人だけってことですよ」

その言葉に冒険者たちの顔が強張った。

「まあ、頑張ってください。希望があるからこそ、恐怖と絶望も強くなりますから」

イリュートの幻影が消え、それと同時にバーゼルが映っていた鏡も消えた。

――面倒なことになったな。

彼方は赤黒い球体に視線を向ける。

――カードの力で卵を壊すことはできるかもしれないけど、問題は出口探しのほうだ。もし、イリュートの言ってることが事実なら、逃げられるのは十人だけってことになる。

彼方の瞳に、動揺している冒険者たちの姿が映る。

「何かの間違いならいいんだけど…………」

「どうしたの？　彼方」

レーネが彼方に体を寄せた。

「…………いや。ちょっと気になることがあって」

「気になることって？」

「今は話すようなことじゃないよ。みんなを混乱させることになるかもしれないから」

彼方は唇を強く結んで、脈打つ球体を見上げた。


「おいっ！　どうするんだ？」

人間と獣人のハーフらしき冒険者が荒い声を出した。

「このままじゃ、俺たちはダンジョンの中で一生を過ごすことになるぞ」

「一生って一週間ももたねぇよ。食糧も水も手持ちの分しかないんだから」

「冗談じゃないぞ。俺、水しか持ってないんだ。誰か食い物を分けてくれよ」

「そんなの知るか！」

「みんな、落ち着くんだ！」

アルクの声が響いた。

「とにかく状況を確認しよう。この魔法陣は本当に使えないのか？」

「無理ね」

魔道師らしき三十代ぐらいの女が答えた。

「私は転移呪文が使えるわけじゃないけど、知識はある。この魔法陣は出口専用になってるのがわかる程度はね」

「君は？」

「私はモーラ。Dランクの魔道師よ」

モーラはウェーブのかかった赤毛をかき上げる。

「どうやら、このダンジョン全体にも呪文がかけられてるみたい」

「どんな呪文かわかるのか？」

アルクの質問にモーラは首を左右に振る。

「ただ、私たちを逃がさないようにするための呪文でしょうね。逃げられたら、生け贄の意味がないし」

「生け贄か……」

「誰が生け贄になんかなるか！」

男の魔道師が杖を上空の球体に向けて、呪文を唱え始めた。

十秒後、白く輝く矢が出現した。

その矢が一直線に球体にぶつかる。

ドンッと大きな爆発音がして、球体の周囲が白い煙で覆われる。

「どうだっ！　詠唱時間を長くして、攻撃力を高めた呪文……」

男の魔道師の声が傷ひとつない球体を見て聞こえなくなった。

「おいっ！　もっと強い呪文を撃てる奴はいないのかよ？」

剣士の言葉に数人の魔道師たちが球体に向かって呪文を放った。しかし、どの呪文も球体を壊すことはできない。

ドクン……ドクン……ドクン。

球体が何事もなかったかのように、鼓動を繰り返す。

「無駄みたいね」

モーラがぼそりとつぶやく。

「あの卵の殻は呪文耐性があるし、物理的な攻撃も効きそうにない。だからこそ、あいつらは自慢げに説明したんでしょうね」

「出口を見つけて逃げるしかないってことか」

アルクのつぶやきにレーネが口を開いた。

「でも、ダンジョンから出られるのは十人なんだよね？」

「もし、そうなら、逃げた十人に助けを呼んでもらおう。緊急事態だし、国も動いてくれるはずだ」

「そうね。AランクかSランクの冒険者が来てくれればなんとかなるかもしれない」

「みんなっ！」

アルクが大きな声を出した。

「まずは出口を探そう。そして逃げ出せた者は、すぐに王都に戻って助けを呼ぶ。これでいいな？」

反論する者はなく、多くの冒険者たちが首を縦に動かした。

——変だな。

彼方は親指の爪を口元に寄せて、考え込む。

——イリュートの言うことが本当で、十人がダンジョンから逃げることができるのなら、助けを呼ばれることは予想できるはず。つまり、あの言葉自体がウソか、誰も逃がさない自信があるってことだ。

ドクン……ドクン……ドクン。

彼方の上空で、また球体が鼓動した。

——呪文カードの『無限の魔法陣』を使えば、あの球体を破壊できるかもしれない。だけど、その後、二日間も新たなカードが使えなくなるのはリスクが大きい。まずは出口を探したほうがいいか。

「おいっ！」

弓矢を持った冒険者が、柱の陰にあった階段を指差す。

「ここから上に行けるみたいだぞ」

数人の冒険者たちが、先を争うように階段を上っていく。

多くの冒険者たちも、その後に続いた。

彼方、ミケ、レーネ、ピュートも階段に向かう。

——この部屋から出るには、あの階段を上るしかないか。とりあえず、みんなといっしょに行動しておこう。何が起こるかわからない状況だしな。

階段を上ると、彼方の視界が一気に広がった。

そこは、縦横百メートルはある巨大な正方形の部屋で、壁には無数の扉があった。扉は均等に並んでいて、天井の近くにも扉が見える。

「これは……………」

彼方は口を半開きにして、無数の扉を見回した。

「何………これ？」

隣にいたレーネが掠れた声を出す。

「いくつ扉があるの？」

「三千枚以上はありそうだ」

「その中から出口を探さないといけないってこと？」

「………いや」

彼方は壁に歩み寄り、扉を開ける。

扉の先には長い通路があり、左右の壁には、何十枚もの扉が並んでいた。

「こういうタイプのダンジョンってことか」

そうつぶやいて、彼方は唇を真一文字に結ぶ。

無数にある扉を見て、冒険者たちが騒ぎ出した。

「なんだ、こりゃ？　扉だらけじゃねぇか」

「おい、見てみろ。扉の中の部屋にも扉があるぞ」

「こっちの通路もだ。どうなってるんだ？」

冒険者たちは近くにある扉を開けて、表情を強張らせる。

「くそっ！　何だよ、このダンジョンは！」

「まいったな」

アルクは眉間にしわを寄せて、首を左右に振る。

「この中から、出口に繋がる扉を探せってことか」

「まともに探してたら、何日かかるかわからないわね」

モーラがふっとため息をつく。

「だが、やるしかない。このダンジョンの中に食糧と水があるかどうかもわからないしな」

「もし、水を確保できなければ一週間で全滅でしょうね。水を生成できる魔道師もいないようだし」

「ぐあああああっ！」

突然、男の叫び声が周囲に響いた。

冒険者たちの視線が二階にある扉に集中する。扉は開いていて、その前の細い通路の部分にロングソードを手にしたイリュートが立っていた。イリュートの足元には叫び声をあげた冒険者らしき男が倒れている。

イリュートは右足で倒れた男を蹴り上げた。

男の体が回転しながら、一階に落ちる。

「てめぇ！」

ザックが荒い声を出して、二階に続く階段に向かった。

数人の魔道師たちが、その場からイリュートめがけて呪文を放つと、矢が出現した。

イリュートは白く輝くロングソードで、その矢を斬った。ガラスの割れるような音がして、火の粉が周囲に飛び散る。

「後、九十九人………」

イリュートは下にいる冒険者たちに向かって一礼すると、扉の奥に消える。

「待てっ！　イリュート！」

二階に上がったザックが閉じられた扉を開く。

しかし、そこにイリュートの姿はなかった。一直線に伸びた通路の左右にある無数の扉を見て、ザックはぎりぎりと歯を鳴らした。

「あの野郎っ！　どこに逃げやがった⁉」

「ザック、待て！」

近くの扉を開けて先に進もうとしたザックをアルクが止めた。

「ひとりで追いかけても殺されるだけだ。イリュートはBランクだぞ！」

「ぐっ………」

ザックは淡く緑色に輝く壁をブーツで蹴る。

「あいつ、逃げ回りながら、俺たちを全員殺すつもりなのか？」

「みたいね」

モーラが赤毛の眉を中央に寄せる。

「こっちが複数で戦えば、イリュートを倒せるかもしれない。でも、一対一なら、負けるのは確実よ。相手はBランクの魔法戦士なんだから」

冒険者たちの顔が蒼白になる。

「アルクさん！　ダメです。レオンは死んでます」

若い冒険者が、イリュートに落とされた男――レオンの前で首を左右に振った。

「……………そうか」

アルクは祈るように、まぶたを閉じる。

「レオンのプレートを回収しておいてくれ。後で冒険者ギルドに報告しないといけないからな」

「わかりました」

若い冒険者はレオンのベルトにはめ込まれていた緑色のプレートを取り外して、ズボンのポケットに入れる。

「アルクっ！　エイミーがやられた」

眼帯をつけた冒険者が女――エイミーを抱きかかえて、アルクに駆け寄ってきた。

「俺とエイミーが扉を開けたら、イリュートが襲い掛かってきたんだ。二人で戦ったんだが、エイミーが斬られて………」

エイミーの服は裂けていて、血で赤く染まっていた。顔は青白く、口は半開きのまま、停止している。

「俺が、もっと気をつけてれば…………」

眼帯をつけた男は顔を歪《ゆが》めて、体を震わせる。

「カイロン………」

アルクが眼帯をつけた男――カイロンの肩に触れた。

「お前のせいじゃない。自分を責めるな」

「くっ…………」

カイロンはその場に片膝をついて、エイミーの死体を足元に置く。

「アルクさん」

彼方はアルクに声をかけた。

「カイロンさんから離れたほうがいいですよ」

「…………えっ？　離れる？」

「はい。エイミーさんを殺したのはイリュートじゃなくて、カイロンさんだから」

彼方の言葉に、冒険者たちの視線が彼方に集まった。

「なっ、何を言ってるんだ？」

アルクが目を丸くして、彼方を見る。

「カイロンとエイミーは同じパーティーなんだぞ？」

「でも、エイミーさんを殺したのはカイロンさんです」

「いや、そんなことはありえない。どうして、カイロンがエイミーを殺さないといけないんだ？」

「それはカイロンさんがバーゼルやイリュートの仲間だからですよ」

そう言って、彼方は無言になったカイロンに視線を動かす。

「あなたもカーリュス教の信者ですよね？」

「ばっ、バカなことを言うな！」

カイロンは頬を痙攣《けいれん》させるように動かした。

「突然、何を言い出す？　お前が誰かわからないが」

「僕は氷室彼方。Fランクの冒険者ですよ」

「Fランクのくせに俺にいちゃもんつける気か？」

「ランクは関係ないことでは？」

「……お前、冗談じゃすまないぞ。こっちは、エイミーが殺されて気が立ってるんだ」

カイロンはロングソードの刃先を彼方に向けた。

「まっ、待て！」

アルクが彼方とカイロンの間に割って入った。

「彼方くん、どういうつもりだ？　証拠もないのにカイロンを疑うのはよくないぞ」

「明確な証拠はありませんけど、僕は確信してるんです」

「確信って……」

アルクは彼方とカイロンを交互に見る。

「ちゃんと説明してくれないか？」

「エイミーさんの傷ですよ」

彼方はエイミーの死体に視線を向ける。

「エイミーさんの傷って、ロングソードで斬られた傷ですよね？」

「あ、ああ。別にそれは変じゃないだろ？　イリュートはロングソードを使っているんだから」

「でも、あのロングソードは魔法が付与された斬れ味の鋭い名品のようです。それなのにエイミーさんの傷口はぎざぎざで、服だって引き裂いたように破けてる」

彼方はレオンの死体に近づく。

「レオンさんの斬られた傷を見てください。こっちは一直線で斬られた服の部分も、ぎざぎざしたところがありません」

「そんなことで、俺がエイミーを殺したと思ったのか？」

カイロンは眼帯の上の眉を吊り上げる。

「それだけじゃないですよ。レオンさんの斬り傷は左肩から斜めに斬られてます。でも、エイミーさんは右肩からですよね。これって、左利きの人がエイミーさんを殺したんじゃないですか？」

そう言って、彼方はカイロンの持つロングソードを見つめる。

「そのロングソードは先端が少しぎざついてますね。ちょうどエイミーさんの傷口と合いそうです。それに、カイロンさんは左利きみたいだし」

「あ………ちっ、違う！」

カイロンは左手に持ったロングソードを右手に持ち替える。

「俺は両利きなんだ。だから、右手でも剣を振れるんだ」

「それは反論になりません。あなたが左手で剣を使えるのは事実だし」

「…………お前こそ、怪しいぞ！」

カイロンは上擦った声を出した。

「こいつは、俺たちを仲間割れさせようとしてるんだ！　その証拠もある」

「証拠って何だ？」

アルクがカイロンに質問した。

「ああ。こいつは…………」

突然、カイロンは会話を中断して、アルクに斬りかかった。

カイロンの動きにアルクは反応できなかった。

呆然《ぼうぜん》とした顔で目の前に迫るロングソードの刃を見つめている。

その時、彼方が動いた。腰に提げていた短剣を引き抜き、カイロンの攻撃を受ける。

「くっ………………」

カイロンは一歩下がって、ロングソードを構え直す。

「もう、反論はできませんね」

彼方は冷静な声で言った。

「………ああ。エイミーは俺が殺したんだよ」

カイロンは唇の端を吊り上げた。

「こんなに早くばれるとは思わなかったぞ」

「計画がずさんだからですよ。せめて、イリュートと同じレベルのロングソードを準備しておくべきでしたね」

「カイロン………………」

彼方の背後にいたアルクがカイロンに声をかけた。

「お前………………こんなことをして正気なのか?」

「正気さ。お前たちを殺して儀式を終わらせたら、金貨百枚が手に入るからな」

「金貨百枚で僕たちを売ったのか?」

「それだけあれば、当分遊んで暮らせるし、悪い選択じゃないだろ」

「…………間違った選択だったな」

アルクはロングソードをカイロンに向ける。

「お前は終わりだ。これだけのことをしたんだから、死刑はまぬかれないぞ」

「それはどうかな」

カイロンはロングソードをアルクに投げつけた。

アルクは体をひねって、それをかわす。

同時にカイロンは近くにある扉に向かって走り出した。

扉のノブに手をかけた瞬間、カイロンの背中に短剣が突き刺さる。

「があっ！」

苦痛に顔を歪めながらも、カイロンは扉を開ける。

「逃がさねぇよ」

短剣を投げたウードがカイロンに近づき、別の短剣でカイロンの首筋を刺した。

「ぐっ…………ごぼっ…………」

カイロンは首から血を噴き出しながら、前のめりに倒れた。赤い血が周囲に広がっていく。

「おいっ！　ウード」

アルクがウードに駆け寄る。

「ここで殺すのはまずいぞ。拘束して裁判を受けさせないと」

「そんな状況じゃねぇだろ」

ウードはカイロンの死を確認して、ゆらりと立ち上がる。

「先に俺たちを殺そうとしたのはカイロンだ。それはここにいる全員が証明してくれるだろ？」

「たしかにそうだが…………」

「まあ、奴がギロチンで首を落とされるところを見物するのも悪くなかったがな」

そう言って、ウードは彼方に歩み寄る。その視線がネーデの腕輪に向けられた。

「…………なるほどな。ネーデ文明のマジックアイテムを装備してたのか。カイロンの攻撃を短剣で受けた時、力負けしなかった理由はそれか」

「まあね」

「そんないいマジックアイテムを持ってたから、Ｆランクのくせに強気だったんだな」

「たしかに重宝してるよ。ずっと装備できるところがね」

「ふん。いいアイテムを装備してても、あっさり死ぬ奴は山のようにいるからな」

「…………だろうね」

彼方はウードの視線を真っ直ぐに受け止める。

――躊躇《ちゅうちょ》なく、人を殺せるタイプか。やっぱり、ウードには注意しておいたほうがよさそうだ。

「彼方くん」

アルクが彼方に頭を下げた。

「君のおかげで命拾いしたよ。ありがとう」

「いえ。この状況なら助け合うのは当然ですから」

「それにしても、カイロンの裏切りによく気づいたね」

「最初から気になってましたから」

「ん？　最初から？」

アルクが首をかしげる。

「はい。アルクさんは百人目で、それ以上の冒険者の募集はしてなかったって言ってましたよね」

「あ、ああ。そうだが？」

「それなのに、冒険者の数が百人以上いたんです。この状況なら、カーリュス教の信者が紛れ込んでる可能性が高いと思って」

「………そうか。冒険者の数なんて、僕は気にしてなかったよ」

アルクは感心した様子で彼方を見つめる。

「これで裏切り者はいなくなったってことか」

「………いいえ」

彼方は首を左右に動かす。

「数えればわかることですけど、冒険者の数は百四人なんです」

「百四人？」

「はい。だから、あと三人の裏切り者がいるはずです。この中に…………」

彼方の言葉に、冒険者たちは強張った顔を見合わせた。

「あと三人………」

アルクの声が掠れた。

「まだ、三人の裏切り者がいるってことか？」

「その可能性は高いと思います」

彼方は険しい表情で首を縦に動かす。

「誰だっ！」

ザックが声を荒らげた。

「誰がカーリュス教の信者なんだ？」

「言うわけないでしょ。バカね」

レーネがザックの腕を軽く叩く。

「残った三人の目的は、見つからないように私たちを殺して、卵の生け贄にすることだから」

「くそっ！　楽な仕事だと思ったのに」

ザックはぎりぎりと歯を鳴らす。

「で、どうするの？　アルク」

レーネがアルクに質問する。

「裏切り者が誰かがわからないなら、全員で協力するのは難しいよね」

「ああ。十人程度のグループを作って探索するつもりだったが、そうもいかなくなったな」

「そうね。信用がおけない人物が近くにいたら、休むことだってできないし」

「本来のパーティーごとに探索をして、情報を共有していくぐらいしかないか」

「そのパーティーの中に裏切り者がいたら、どうにもならないけどね」

レーネはふっと息を吐く。

「裏切り者なんか、どうでもいい」

ウードが低い声で言った。

「全員敵だと思っておけばいいだけだしな」

その言葉にアルクの眉が動く。

「ウード、そんなことは言わないほうがいい。僕たちが争い始めたら、奴らの思うつぼだぞ」

「ふんっ！　俺に指図するなよ。ゴブリン退治の時と違って、お前はまとめ役じゃないんだからな」

ウードは鋭い視線を冒険者たちに向ける。

「俺は自由にやらせてもらうぞ」

「協力しないってことか？」

「そうさ。どうせ、脱出できるのは十人なんだからな。全員助かるのは無理ってことだ」

「その通りだ」

ウードと行動を共にしていた男がうなずく。

「この中でカーリュス教ではないとわかってるのは、俺自身とウードだけだからな」

「タートスとは、よく組んでるからな。それにこいつと俺ならイリュート相手でも、なんとかなるかもしれねぇ」

「イリュートに勝てると言うのか？」

「バカな質問だぜ」とウードは言った。

「勝てるわけないだろ。イリュートが襲ってきても、二人なら逃げられる手があるってことだ」

ウードは丸太のようなタートスの腕を軽く叩く。

「行こうぜ、タートス」

二人は近くの扉を開けて、その場から去っていった。

「俺たちも行こう」

ひげを生やした冒険者がパーティーの仲間に声をかけた。

「他の奴らより早く扉を見つけないと、出られなくなるぞ」

「あ、ああ。そうだな。早めに逃げないと、あの卵が孵《かえ》ったら、ヤバイ」

パーティーで参加している冒険者たちが思い思いに動き出す。

「まっ、待て！」

アルクがひげを生やした冒険者の手を摑む。

「バラバラに動いたら、イリュートにやられるぞ」

「わかってる！　だが、裏切り者といっしょに行動してたら、寝てる間に殺されるかもしれない。そのほうが危険だ。イリュートを見かけたら、戦わずに逃げればいいしな。それに…………」

「それに、何だ？」

「いや…………」

ひげを生やした男はアルクから視線をそらした。

「イリュートに他の冒険者を狙わせればいいって考えですよ」

彼方が抑揚のない声で言った。

「そうすれば時間も稼げますしね」

「…………ああ。そうさ。自分たちの命が最優先だからな。悪いか？」

「いえ、僕だって、まずは仲間を守りたいって思いますから」

「俺たちがこのダンジョンから抜け出せたら、すぐに助けは呼んでやる。それは約束する」

そう言って、ひげを生やした男とその仲間たちは、二階部分にある扉から出ていった。

◇

――残ったのは、三十二人か。

彼方はアルクの周りに集まっている冒険者たちを見回す。

――単独で依頼を受けた冒険者が多そうだな。まあ、裏切り者がいる状況じゃ、他のパーティーに入れてもらえる可能性は低いだろうし、仕方のない選択か。

「みんなっ、話を聞いてくれ！」

アルクが大きな声を出した。

「残った三十二人を四つのグループに分けよう」

「分けてどうするの？」

女魔道師のモーラが質問する。

「二つのグループがダンジョンの探索をして、残った一つのグループが休憩を取る。残った一つのグループが見張りだ。それを交替でやる」

「裏切り者がいても、ちゃんと休めるようにするわけね」

「ああ、そうだ。八人も見張りがいれば、なんとかなるだろう」

「そうね。悪くない考えだと思う。八人なら、イリュートも襲ってこないかもしれない」

モーラは腰に手を当てて、不安げな表情をした冒険者たちに視線を向ける。

「あんまり強い冒険者はいないみたいだけど、数も力だしね。ある意味、残る選択をした私たちのほうが正解なのかもしれない」

「そうかもしれません」

彼方がつぶやくように言った。

「僕がイリュートなら、少人数のパーティーから狙います。そのほうがリスクが低いから」

「でしょうね。一番多いパーティーでも五人だったから」

アルクが胸元で両手を叩いた。

「じゃあ、反対の者はいないな？」

冒険者たちは無言でうなずく。

「アルクさん」

彼方が軽く右手を上げる。

「僕は単独行動を取らせてもらいたいんですけど」

「んっ？　単独行動って、どういうことだい？」

アルクがまぶたをぱちぱちと動かす。

「君はイリュートが少人数のパーティーを狙うと言ったばかりじゃないか。ひとりなら、もっと狙われやすくなるぞ？」

「それが目的ですから」

「目的って………まさか…………」

「はい。イリュートを倒しておこうと思って」

彼方の言葉に、その場にいた冒険者たちの目が大きく開いた。

「あなた、何言ってるの？」

モーラが呆《あき》れた顔で彼方を見る。

「Ｆランクのあなたがイリュートに勝てるわけないでしょ。ネーデ文明のマジックアイテムを持ってるみたいだけど、イリュートの武器や防具だって相当いい物なの。それにあっちはＢランクの魔法戦士なんだから」

「わかってます。でも、僕もそれなりに強いので」

「それなりって……」

モーラは赤毛の眉を中央に寄せる。

「あなた、魔法戦士の怖さがわかってないのね。魔法戦士は武器で攻撃しながら、呪文も使ってくるの。その戦い方に慣れてない者なら、十秒もかからずに殺されることになるから」

「そういうタイプのモンスターと何度か戦ったことがあるんです。イリュートとはレベルが違うと思いますけど」

「呪文が使えるゴブリンとでも戦ったの？」

「そんなところです」

「なら、意味ないわ。あいつの強さは底が知れない。魔力だけで比べても、魔道師の私よりも上なのは間違いないから」

モーラは持っていた杖を強く握り締める。

「あなたの魔力は…………ないみたいね」

「ええ。ギルドの受付のお姉さんに魔力ゼロって言われました」

「それなのにイリュートと戦うって言うの？」

「はい」と彼方は即答する。

「もちろん、勝てないとわかったら、逃げ帰ってきますから」

「彼方っ！」

ミケが彼方の上着を摑んだ。

「ミケはいっしょに行かなくていいのかにゃ？」

「うん。ミケはアルクさんたちと行動して欲しい」

「そのほうが、彼方は助かるのかにゃ？」

「僕もミケといっしょにいたいけど、今の状況なら、ひとりのほうが動きやすいからね」

「わかったにゃ。ミケは、みんなとがんがるにゃ」

真剣な表情で、ミケはうなずいた。

彼方はミケの耳を撫でて、アルクに視線を動かす。

「アルクさん、ミケをお願いできますか？」

「あ、ああ。だが、無理はするなよ」

アルクが彼方の肩を摑んだ。

「君が戦闘慣れしてるのはわかるが、相手がBランクの魔法戦士じゃ分が悪い」

「彼方…………」

今度はレーネが彼方の腕に触れた。

「あなたとイリュートがほんとに戦うことになるとはね」

「まあ、なんとかなると思うよ」

「なんとかなる………か。Ｆランクのあなたがそんなこと言っても、誰も信じないだろうけど」

レーネの漆黒の瞳が揺らぐ。

「死んだら許さないからね」

そう言って、レーネは彼方の腹部にこぶしを押しつけた。

◇

扉を開けると、そこは細長い通路だった。通路の左右には、数十枚の扉が並んでいる。

彼方は一番手前の扉を開く。

その扉の先にも、長い通路と数十枚の扉があった。

――構造的にありえないな。これだけ通路が長いと、他の通路と重なってるはずなのに。空間を歪めてるってことか。

「これだと、普通の迷路を攻略する方法は使えそうにないな」

ため息をついて、右側の扉を開ける。

そこは、縦横二十メートル程の部屋で四方に壁があった。

部屋の中央で彼方は腕を組む。

――イリュートはこのダンジョンを熟知してるだろう。奇襲されると面倒だし、召喚カードを使っておくか。

意識を集中させると、彼方の周囲に三百枚のカードが現れた。

彼方は一枚のカードを選択する。

触れたカードが輝き、目の前に黒いメイド服を着た少女が現れた。

召喚カード

忠実なる戦闘メイド　魅夜

★★★★　(4)

属性：火

攻撃力：700　体力：900

防御力：300　魔力：1000

能力：闇属性の短剣を装備し、火属性の呪文が使える

召喚時間：2日

再使用時間：10日

レアリティ：ゴールド

アクア王国の戦闘メイドには注意したほうがいい。彼女たちは美しいだけではなく、魔法も武器も使える戦士なのだ

(騎士見習いレッグ)

魅夜《みや》は十代半ばぐらいの外見で、ツインテールの髪は黒く、左右の瞳の色が違っていた。

魅夜は広がったスカートを指先で持ち上げ、軽く片膝を曲げて頭を下げる。

「また、私の力が必要なようですね。彼方様」

「うん。よろしく頼むよ」

彼方は魅夜に状況を説明する。

「…………なるほど。私は彼方様を守りながら、イリュートを倒せばいいってことですね」

「それと出口探しだね。長丁場になるかもしれないから、召喚時間が長い君に決めたんだ」

「それが、私の強みですから」

魅夜は唇の両端をきゅっと吊り上げる。

「もう一人は誰を召喚するのですか？」

「今はいいよ。人数を少なめにしておいたほうがイリュートが狙ってくる確率が高くなるから」

「それも私を召喚した理由みたいですね」

「うん。君も僕も強そうには見えないだろうから」

そう言いながら、彼方はアイテムカードを選択する。

アイテムカード

聖水の短剣

★★★★★★★★　(8)

水属性の短剣。装備した者の意思を読み、刃の形状を変える

具現化時間：24時間

再使用時間：18日

レアリティ：ゴールド

目の前に青い刃の短剣が具現化された。

彼方はその短剣を摑む。風に揺れる湖面のように青い刃が揺らいだ。

その短剣を彼方が見つめると、一瞬で刃の長さが一メートル以上伸びた。

——これなら、狭いダンジョンでも使いやすいし、相手の意表を突くことができる。ネーデの腕輪で力も強化してるし、充分戦えるだろう。

「じゃあ、ダンジョン探索を始めようか」

「はい」と魅夜は返事をする。

「でも、ちょっと残念です」

「残念って、何が？」

「いえ、今回も夜のご奉仕を頼まれることはなさそうですから」

そう言って、魅夜はふっと息を吐いた。


彼方と魅夜は部屋の東側にある扉を開け、細い通路を進み始めた。

左右の壁が淡く緑色に輝き、彼方たちの姿を照らす。

数十メートル程進み、突き当たりの扉を開ける。

そこは、さっきの部屋よりも大きな部屋で、扉の前に二人の冒険者が倒れていた。

冒険者たちの服は血に染まっていて、二人が死んでいることが遠目からでもわかった。

「イリュートに殺されたんでしょうか？」

魅夜の質問に、彼方はうなずく。

「多分ね。斬り傷が同じだから」

――この二人は……Eランクの冒険者か。それじゃあ、イリュートから逃げるのは難しかっただろうな。

彼方は二人のプレートを回収する。

――やっぱり、イリュートは少人数のパーティーから狙う作戦みたいだ。となると、僕たちを見かけたら、襲ってくるのは間違いない。Dランク以下の冒険者だとわかってるんだし。

「問題はおとりの僕たちを見つけてくれるかどうかだな」

そうつぶやいて、彼方は部屋の奥の扉を開ける。

扉の先には細い階段があった。階段を百段程上がると、また扉がある。

彼方は警戒しながら、扉を開ける。

そこは縦横五十メートル程ある正方形の部屋だった。彼方の開けた扉は五階部分にあり、周囲には無数の扉が並んでいる。

その時、下から女の悲鳴が聞こえてきた。視線を落とすと、冒険者の女が数十匹の蜘蛛《くも》たちに追われているのが見えた。蜘蛛は体長一メートル程で半透明の体をしていた。楕円形《だえんけい》の腹部は大きく膨らんでいて、トゲのような突起物が生えていた。

――モンスターもいるのか！

「魅夜、あの冒険者を助けるよ」

彼方はそう言うと、細い通路を走り、狭い階段を駆け下りた。

「キシャーッ！」

二匹の蜘蛛が彼方に気づいて、甲高い鳴き声をあげた。

彼方は走りながら呪文カードを使用する。

呪文カード

六属性の矢

★★★（3）

対象を六つの属性の矢で攻撃する

再使用時間：6日

レアリティ：ブロンズ

彼方の頭上に六本の輝く矢が出現した。矢は、赤色、青色、緑色、黄土色、黄白色、黒色で、それらが弓で射られたかのように蜘蛛たちの体に突き刺さった。

八本の脚をばたつかせている蜘蛛たちをすり抜け、彼方は一気に前に進む。

一匹の蜘蛛が高くジャンプして彼方に攻撃を仕掛けてきた。

彼方の持っていた聖水の短剣の刃が揺らめきながら伸びる。

その刃で彼方は蜘蛛を斬った。水のような液体を噴き出し、蜘蛛が真っ二つに割れる。

さらに二匹の蜘蛛が左右から彼方を襲う。右側の蜘蛛が一瞬で炎に包まれる。

——魅夜の呪文攻撃か。

状況をすぐに理解した彼方は左側の蜘蛛を攻撃する。聖水の短剣を斜めに振り下ろし、蜘蛛の体を斬る。

その背後から別の蜘蛛が飛び掛かってきた。

彼方が意識を集中させると、聖水の短剣の刃が一気に数メートル伸びる。揺らめく刃が蜘蛛の腹部を貫いた。

「キュ…………キシュ…………」

断末魔の声をあげて、蜘蛛が八本の脚をばたばたと動かす。

「ぎゃあああああっ！」

女の悲鳴を聞いて、彼方の眉間にしわが刻まれる。

さらに三匹の蜘蛛を斬り、女に襲い掛かっている二匹の蜘蛛を倒した。

「あ…………」

彼方の声が掠れた。

女の左胸と首に大きな傷があり、見開かれた目は輝きを失っていた。

残った蜘蛛たちはカシャカシャと脚を動かして逃げ出していく。

「間に合いませんでしたか？」

魅夜の質問に彼方は「うん」とうなずく。

視線を動かすと、部屋の隅に二人の男が倒れていた。男たちの手足は斬られていて、遠目からでも死んでいるのがわかった。

――これはまずいな。蜘蛛のモンスターは強くはないけど数が多そうだ。他にも別のモンスターがいるかもしれないし、イリュートと裏切り者もいる。これじゃあ、外に出られる扉を探すのも、より時間がかかる。

彼方は蜘蛛たちが逃げ去った扉を見つめる。

「どっちにしても、あの群れは全滅させておいたほうがいいか」

周囲に三百枚のカードが浮かび上がり、その中から一枚を選択する。

召喚カード

無邪気な殺人鬼　亜里沙

★★★（3）

属性：闇
攻撃力：2000　体力：800
防御力：400　　魔力：0
能力：無属性のサバイバルナイフと体術を使う
召喚時間：10時間
再使用時間：7日
レアリティ：シルバー

人を殺すのが、どうしていけないの？　楽しいし、気持ちいいじゃん

彼方の前にブレザーの制服姿の女子高生が現れた。髪はセミロングで、髪で隠れているが左目の下に小さなほくろがある。桜色の唇は薄く、右手には黒光りするサバイバルナイフが握られていた。

「はーい、彼方くん、おひさーっ！」

亜里沙《ありさ》はにこにこと笑いながら、彼方に駆け寄る。

「それで私は誰を殺せばいいの？」

「相変わらず、殺すのが好きみたいだね」

「そのほうが彼方くんも嬉しいんでしょ？」

「そうだね。君を召喚した理由はモンスター退治だから」

彼方は視線を蜘蛛の死体に向ける。

「このダンジョンには蜘蛛のモンスターがいるんだ。それを殺して欲しい。君ひとりで行動してもらうから、大変だと思うけど」

「蜘蛛ぐらい問題ないよ。で、全部殺していいんだよね？」

「うん。ただし、モンスター以外は殺さないように」

彼方は状況を亜里沙に説明する。

「………………だから、イリュート以外の冒険者は殺したらダメだ。もし、向こうが君を敵と勘違いして攻撃してきたとしても、戦わずに逃げるように」

「えーっ？　裏切り者がいるんなら、全員殺したほうが楽でいいじゃん」

亜里沙はぷっと頬を膨らませる。

「モンスターを殺すより、人間を殺すほうが楽しいのに」

「文句があるなら、カードに戻ってもらうよ」

「あっ、ウソウソっ！　ちゃんと命令は守るから」

そう言って、亜里沙はピンク色の舌を出した。

「彼方様」

魅夜が彼方の耳元に唇を寄せる。

「こんな殺人鬼を召喚しなくても、他にもいいカードがあるのでは？」

「聞こえてるよ。ぺたんこ魅夜」

「…………はぁ？」

魅夜の眉がぴくりと動いた。

「それはどういう意味？」

「胸がちっちゃいってことだよ」

亜里沙は人差し指で、魅夜の胸を軽く突《つっ》く。

「メイド服でごまかしてるけどさ、魅夜は七十センチちょっとでしょ。そんなんで、彼方くんを満足させられると思ってるの？」

「あっ、あなただって、たいして大きくないでしょ！」

魅夜はこめかみをぴくぴくと動かしながら、ルビーのような赤い右の瞳で亜里沙を睨みつける。

「私は七十後半だから。彼方くんが一番喜ぶサイズなの」

「バカなこと言わないで！　彼方様が胸のサイズで女性を選ぶわけないでしょ。中身が大事なんだから」

「それなら、魅夜よりも私のほうが上じゃん。攻撃力も防御力も私のほうが高いし」

「でも、召喚時間は私のほうが五倍近く長いから。それだけ、彼方様のお役に立つ時間も長いって

「こと」

「長ければいいってもんじゃないよ。彼方くんなら、十時間でも十回はできるはずだし」

言い争いを続ける二人の間に、彼方が割って入った。

「何ができるのか、よくわからないけど、おしゃべりは終わり。魅夜も亜里沙も僕にとって、大切なクリーチャーだから」

「大切……………」

魅夜が胸元で両手の指を絡ませて、赤と黒の瞳を潤ませる。

「二人が争ってたら、召喚した意味がないよ」

彼方は亜里沙に視線を向ける。

「亜里沙、君の役目はダンジョンの中にいるモンスターの数を一体でも多く減らすことだ。召喚時間限界まで、働いてもらうよ」

「了解っ！」

亜里沙は元気よく返事をして、敬礼のポーズを取る。

「魅夜は僕といっしょに行動して、出口探しとイリュートを倒す。いいね？」

「わかっています」

魅夜は丁寧に頭を下げた。

「………………ただ、一つだけ質問があるのですが？」

「んっ？　何？」

「彼方様は、胸が大きな女性と小さな女性、どっちがお好みなのでしょうか？」

「………そんなこと、どうでもいいよ」

彼方は疲れた顔でため息をついた。


彼方と魅夜は亜里沙と別れてダンジョンの探索を再開した。

いくつもの扉を開け、似たような形をした通路を進む。

新たな扉を開くと、部屋の中央に四人の冒険者の死体があった。

眉間にしわを寄せて、彼方は死体に歩み寄る。

「これもイリュートの仕業《しわざ》か」

ロングソードで斬られた傷を見て、こぶしを固くする。

――この人たちは………Dランクか。傷が背中についてるってことは、イリュートの奇襲を受けた可能性が高そうだな。それとも最後の一人が逃げ出そうとして、やられたか。

「こっちは呪文攻撃も受けてますね。これは……火属性の呪文とは少し違う傷跡に見えます」

「イリュートは光属性の呪文が使えるから、それにやられたんだろう」

彼方は魅夜の質問に答えながら、彼らのプレートを回収する。

――Dランクの冒険者じゃ、四人でもイリュートには歯が立たないか。なんとか、早めにイリュートを見つけないと、どんどん冒険者が殺されてしまう。

最下層にあった不気味な球体が脳裏に浮かび上がる。

――僕たちが死ぬことで儀式が完了して、究極のモンスターが生まれる………か。それを自分たちの勢力を拡大させるための生物兵器として使うのがネフュータスの目的だろうな。

その時、正面の扉が開き、そこから数匹の蜘蛛が現れた。蜘蛛は溢《あふ》れ出るように扉からうじゃうじゃと出てくる。

彼方は素早く一枚のカードを選択する。

呪文カード
インフェルノ
★★★★（4）
属性：火

複数の対象に火属性のダメージを与える

再使用時間：8日

レアリティ：ブロンズ

扉の前にいた蜘蛛たちが、一瞬でオレンジ色の炎に包まれた。

「キシャアア！」

蜘蛛たちは八本の脚をばたばたと動かし、のたうち回る。

そのうちの一匹が炎をまとったまま、彼方に襲い掛かる。

彼方は余裕をもってその攻撃をかわし、聖水の短剣で蜘蛛を真っ二つに斬った。周囲に白い煙が充満し、蜘蛛の体液が蒸発する音がした。

全ての蜘蛛が動かなくなると、彼方は額に浮かんだ汗を拭う。

――まだまだ蜘蛛もいっぱいいるみたいだ。

ふと、ミケとレーネのことを思い出す。

――あっちは三十人以上残ってるから、大丈夫だとは思うけど、早めにイリュートを倒して合流したほうがいいな。

彼方は唇を強く噛《か》んで、聖水の短剣を強く握り締めた。

◇

「これはヤバイかな」

レーネは四方から迫ってくる数百匹の蜘蛛を見て、唇を強く噛んだ。

――探索に出て三時間もしないうちにこんな状況になるなんて、幸運の女神ラーキルに嫌われちゃったか。

「キシャアアッ！」

迫ってきた蜘蛛に向かって、レーネはナイフを投げた。ナイフは蜘蛛の頭部に突き刺さる。

蜘蛛は半透明の液体を噴き出して、横倒しになる。

視線を動かすと、三人の冒険者が血を流して倒れていた。

「やられるのが早いって！」

レーネは短く舌打ちをして、瞳を左右に動かす。視界にオモチャのようなハンマーを使って戦っているミケの姿が映った。

「うにゃあああ！」

ミケは蜘蛛をハンマー――ピコっとハンマーで叩く。蜘蛛の動きが一瞬止まると同時に、隣にいたウサギの耳を持つ獣人ハーフのピュートが短剣で頭部を突き刺した。

「Ｆランクの二人のほうが役に立ってるじゃん」

レーネはそう言って、足元にいた蜘蛛をブーツで蹴り上げる。

「おいっ！　レーネ」

ザックがレーネに体を寄せた。

「マズいぞ！　奥の扉からうじゃうじゃ蜘蛛が出てきやがる。多分、隣の部屋に百匹以上いる！」

「ザック！　ムルといっしょにしんがりお願い」

そう言って、レーネはミケたちのいる場所に走る。

「猫とウサギ、逃げるよ！」

「にゃっ！　ミケは猫じゃないにゃ。ミケにゃ！」

「呼び方なんてどうでもいいから、こっちに来て！」

レーネは近くにある扉に向かって走り出した。

――扉をチェックしてる暇はない。銀貨の裏が出るか、表が出るか。

レーネはノブを回して扉を開いた。素早く視線を動かすと、そこは縦横三十メートル程の部屋だった。部屋の中はがらんとしていて、奥に一つだけ扉が見える。

「早く入って！」

ミケ、ピュートが転がるように部屋に入り、その後にザックと獣人のムルが続いた。

レーネが扉を閉めると同時に、向こう側から蜘蛛が爪を立てる音が聞こえてきた。

ガリ…………ガリ…………ガリ…………。

――この扉、長くはもたないかもしれない。蜘蛛は強いモンスターじゃないけど、数が多すぎる。もっと遠くに逃げないと。

「みんな、ケガはない？」

「今のところはな」

ザックが額に浮かんだ汗を手の甲で拭う。

「ミケは大丈夫にゃ」

「僕も平気なのです」

ミケとピュートが答える。

「じゃあ、みんな、奥の扉に…………」

その時、頭上から微かな音が聞こえた。

レーネたちは同時に視線を天井に向ける。

天井は白い糸で、びっしりと覆われていた。その中央部分に体長三メートル近い巨大な蜘蛛が蠢《うごめ》いている。蜘蛛は胴体部分から糸を出して、するすると下りてきた。その背中には半透明の小さな蜘蛛が何十匹も張りついていた。

「蜘蛛の女王様か…………」

レーネの声が掠れる。

ザックがロングソードの刃先を女王蜘蛛に向けた。

「こいつは全員でやるぞ！」

「承知っ！」

ムルが斧を構えて右側に移動する。その動きに合わせるようにレーネが左側に走った。

「ぐおおおっ！」

気合の声をあげてムルが斧を振り下ろす。斧は女王蜘蛛の前脚に当たるが、数センチの深さしか傷つけられなかった。

手に痺《しび》れを感じて、ムルはゆっくりと後ずさりする。

「脚は硬いぞ」

「それなら胴体を狙うだけだ！」

今度はザックが女王蜘蛛に攻撃を仕掛けた。

「キシャアアッ！」

女王蜘蛛は丸太のような前脚で近づこうとしたザックの動きを牽制《けんせい》する。

その隙をついてレーネが左側からナイフを投げた。ナイフはルビーのような蜘蛛の目に突き刺さった。

「私たちの連携プレイを甘く見ないでよね！」

レーネは低い姿勢で女王蜘蛛の背後に回り込む。背中に張り付いていた蜘蛛たちが一斉にレーネに飛び掛かる。

「ちっ」と舌打ちをして、レーネは蜘蛛たちの攻撃をかわす。

蜘蛛たちは、ザック、ムル、ミケ、ピュートにも襲い掛かる。

「先に子供を倒して！」

「了解にゃ！」

ミケはピコっとハンマーを振り回して、蜘蛛の動きを止める。

その間に、ザック、ムル、ピュートが蜘蛛たちに致命傷を与えていく。

自分の子供が殺される姿を見て、女王蜘蛛の目が燃えるように揺らめいた。八本の脚を動かして、レーネに迫る。距離を取ろうとしたレーネの体に白い糸が巻きついた。

レーネの動きが一瞬止まる。

「キシャアアッ！」

部屋中に響くような鳴き声をあげて、女王蜘蛛が前脚を振り下ろした。

——しまった！　これじゃあ、逃げられ………。

その時——。

ブレザー服姿の少女がレーネに駆け寄った。少女は持っていたサバイバルナイフでレーネを拘束していた糸を切る。レーネは前転して、女王蜘蛛の前脚の攻撃を避けた。

「ぎりぎり間に合ったみたいだね」

「あなた……たしか、彼方が召喚した………」

「うん。あなたを助けるのは二度目かな」

少女——亜里沙は女王蜘蛛から視線をそらさずに唇を動かす。

「あなたは彼方くんの味方みたいだし、助けてあげる。それに蜘蛛を殺すのが私の仕事だから」

そう言って、亜里沙は黒光りするサバイバルナイフで、女王蜘蛛に攻撃を仕掛けた。

女王蜘蛛は怒りの咆哮《ほうこう》をあげて、亜里沙に襲い掛かった。ぱんぱんに膨らんだ胴体部分を震わせて、周囲に白い糸をまき散らす。

亜里沙はサバイバルナイフで糸を切りながら、女王蜘蛛の足元に潜り込む。舞うように体を回転させ、女王蜘蛛の脚の関節部分を斬った。

斬られた部分から透明の体液が溢れ出し、女王蜘蛛の体が傾く。だが、女王蜘蛛は別の脚で亜里沙を攻撃する。斜めに振り下ろされた脚を亜里沙はぎりぎりのタイミングでかわす。巨大な脚が硬い床に当たり、大きな音を立てた。

「チャンスっ！」

亜里沙はピンク色の舌で唇を舐《な》めながら女王蜘蛛の脚に飛び乗り、その上を走り出す。

女王蜘蛛の頭部にサバイバルナイフが突き刺さった。

「キシャアアッ！」

女王蜘蛛は体を揺らして、亜里沙を振り落とした。

「一撃じゃ無理か」

亜里沙は女王蜘蛛から距離を取り、呼吸を整える。

レーネが亜里沙に駆け寄った。

「大丈夫？」

「もちろんっ！　こんなところで死んだら、彼方くんに召喚してもらえなくなるし」

亜里沙はチェック柄のスカートについた白い糸を払う。

「それに、このおっきな蜘蛛は殺しがいがありそうだからね」

「なら、私がサポートする！」

レーネは近づいてきた女王蜘蛛の注意を引くように目立つ動きで左に移動する。

女王蜘蛛は攻撃対象を亜里沙からレーネに変えた。

前脚を振り上げて、レーネを狙う。当たれば即死するであろう攻撃をレーネは冷静に避け、左右の手でナイフを投げた。そのうちの一本が女王蜘蛛の目に刺さった。

「これで二つっ！　残りは六つね」

レーネは脚と脚の間をすり抜けて、女王蜘蛛の背後に回った。女王蜘蛛も八本の脚を動かして、執拗《しつよう》にレーネを追いかける。

その時、ムルが気合の声をあげて、女王蜘蛛の胴体に斧を叩きつけた。

女王蜘蛛はレーネから、一瞬、目をそらす。

その隙をレーネは逃さなかった。大きく開いた口にナイフが刺さる。

同時に亜里沙が動いた。

「獣人のおじさん、踏み台よろしくっ！」

亜里沙はスカートをなびかせて、ムルの広い肩にジャンプする。さらにそこから高く飛び上がり、サバイバルナイフを女王蜘蛛の頭部に深く突き刺した。

「ゴ…………ゴゴッ…………」

女王蜘蛛はノドを鳴らすような声を出して、その動きを止めた。

数秒後、がくりと脚が折れ、女王蜘蛛の体が地響きを立てて倒れた。

「し、死んだの？」

レーネは警戒しながら、倒れた女王蜘蛛に近づく。

「うん。脳に刺さった感触があったからね」

亜里沙は女王蜘蛛の頭部に突き刺さっていたサバイバルナイフを両手で引き抜く。その部分から半透明の体液が流れ出す。

「時間があったら、もっとじっくり殺したんだけどな」

「おいっ、お前、誰だ？」

残りの蜘蛛を倒し終えたザックが亜里沙に歩み寄った。

「こんな若くて目立つ女は冒険者の中にいなかったはずだぞ」

「この子は彼方に召喚されたんだよ」

亜里沙の代わりにレーネが答えた。

「召喚？　彼方がこいつを召喚したのか？」

ザックは目を丸くして、亜里沙を見つめる。

「モンスターじゃなくて、人間を召喚できるのか」

「彼方は異界人だから、私たちの世界の召喚術とは違うんでしょ。この子だけで行動してるみたいだし」

「たしかに彼方はいないみたいだな」

ザックは周囲を見回しながら、頭をかく。

「あいつ、とんでもないな。こんな強い女を召喚できて、攻撃呪文も使えて、武器も使えるのか」

「だから、前にも言ったでしょ。彼方はBランクだって」

「それなら、イリュートを倒せるかもしれないな」

「倒せるかも？」

亜里沙がぴくりと眉を動かす。

「彼方くんが倒せない相手なんていないよ」

「おいっ！　それは言い過ぎだろ？　この世界にはAランクやSランクの冒険者もいるし、とんでもなく強い兵士もいるんだ。それに災害レベルのモンスターもいるんだぞ」

「彼方くんはそれ以上ってこと。だって彼方くんは三百枚の…………あっ！」

亜里沙は慌てた様子で口元を押さえる。

「そうだ。能力のことは喋るなって言われてたんだった」

頭を抱えて亜里沙はうなるような声を出した。

「とっ、とにかく私はモンスター退治を続けるから」

「んっ？　俺たちといっしょに行動しないのか？　そのほうがお前にとっても安全だろ？」

「それは無理なんだ。だって…………いっしょにいたら、あなたたちを殺したくなっちゃうから」

そう言って、亜里沙は美味しい料理を見るような目つきでザックを見つめた。

◇

彼方が扉を開けると、そこは縦横二十メートル四方の部屋だった。

「ここは行き止まりですね。扉が他にありません」

背後にいた魅夜がため息をつく。

「このダンジョンは面倒ですね。似たような景色ばかりで、方向感覚がおかしくなりそうです」

「そのせいで、出口を見つけるのがより難しくなってるかな」

彼方は薄暗い部屋の中を見回して奥に進む。

「彼方様？　この部屋は行き止まりでは？」

「いや、少し気になることがあってね」

「気になること………ですか？」

「うん。扉を開けた時、一瞬だけど壁の一部が歪んだ気がしたんだ」

手を伸ばすと、壁に触れる前に指先が何かに当たった。彼方は、それがノブだと気づいた。

「これは光属性の呪文かな。原理はわからないけど、扉を壁に見せかけて隠してたみたいだ」

「イリュートがやったんでしょうか？」

「多分ね。で、そんなことをやる理由は………」

彼方はノブを回して、扉を開く。その先には上に続く長い階段があった。

「多分、この先にダンジョンの出口があると思う」

「当たりです」

突然、背後から男の声が聞こえてきた。

振り返ると、そこにはイリュートが立っていた。

イリュートは目を細めて微笑する。

「こんなに早くバレるとは思いませんでしたよ。しかも、あなたはFランクの冒険者みたいですね」

「僕は細かいところに気がつくタイプなんだ」

彼方は聖水の短剣を構える。

「そのせいで死ぬのが早くなりましたね」

「それはどうかな」

「んっ？　まさか、私に勝てると思ってるんですか？」

「なんとかなると思ってるよ」

「……………ふっ、ふふっ」

イリュートは肩を震わせて、笑い声をあげた。

「あなた、面白い人ですね。異界人…………ですか？」

「うん。最近、この世界に転移してきたんだ」

「だから、魔法戦士の強さが理解できないんでしょうね。そして、Bランクの強さも」

「理解できないのはあなたたちの行動ですよ。こんなことをしたら、罪人になって、死刑になるんじゃ？」

「なりませんよ。だって、私たちを告発できる者は全員死ぬのですから」

イリュートは腰に提げていたロングソードを抜く。

「あなたたちはダンジョンの中でモンスターに殺されて命を落としたと、冒険者ギルドに報告します。これで疑われることはないでしょう」

「彼方様、お下がりください！」

魅夜が彼方の前に立って、イリュートと対峙《たいじ》した。

「んっ？　君は…………誰かな？　集めた冒険者の中にはいなかったはずだが」

「戦闘メイドの魅夜です。お見知りおきを」

ひらひらと揺れるスカートを指先で持ち上げ、魅夜は軽く膝を曲げて頭を下げる。

「どうやって、このダンジョンに入ってきた？」

「僕が召喚したんですよ」

彼方がイリュートの疑問に答える。

「僕は召喚呪文みたいなものを使えるので」

「ほう。それは少し驚きました。異界人にそんな能力があるなんて聞いたことがありませんでしたから」

「僕だけの特別な能力なんでしょう」

「それを敵である私に喋っていいんですか？」

「大丈夫ですよ。あなたはここで死ぬんだから」

彼方の黒い瞳の色が濃くなった。

「魅夜っ！　イリュートを倒せ！」

「承知しました！」

魅夜が漆黒の短剣でイリュートに斬りかかる。

イリュートは笑みを浮かべたまま、魅夜の連続攻撃を避ける。イリュートの左手が輝き、周囲が白く輝く。魅夜の視界が一瞬奪われた。

その効果を予測していたのか、イリュートが攻撃に転じた。素早く魅夜に近づき、ロングソードを斜めに振り下ろす。魅夜は短剣でロングソードの攻撃を受け流し、火の呪文を放つ。

オレンジ色の光球がイリュートに当たる寸前、半透明の光の壁が彼の前に出現した。光球は壁に当たり、周囲に火花をまき散らす。

「あなたも魔法戦士でしたか」

「違います。私は呪文が使える戦闘メイドです！」

魅夜は低い姿勢でイリュートに近づき、連続で短剣を突く。イリュートは左足を引いて短剣の攻撃を避けつつ、くるりと魅夜に背中を向ける。

そのトリッキーな動きに魅夜の反応が遅れた。振り向いたイリュートは呪文の詠唱を終えていた。

光の矢が魅夜の右の太股に突き刺さった。

「これで終わりです！」

体勢を崩した魅夜に向かって、イリュートはロングソードを振り下ろす。魅夜は短剣の刃に手を添えて、ロングソードの攻撃を受けた。同時に光の矢が刺さった右足で、イリュートの腹部を蹴る。イリュートは顔を歪めて、魅夜から距離を取る。

「やりますね。でも、その足では長くは戦えないでしょう」

「三分もあれば、あなたを倒せます」

魅夜は右足を引きずりながら、イリュートに近づこうとした。

「魅夜、もういいよ」

彼方が魅夜の肩に触れた。

「僕がイリュートを倒すから、君は下がってて」

「彼方様っ！　私はまだ戦えます！」

「わかってる。でも、僕が戦いたいんだ」

「私と戦いたい？」

イリュートが首を右側に傾ける。

「そんなことを言うFランクがいるとは思いませんでした」

「少しでも多く戦って戦闘慣れしておきたいから。それに自分の予想が当たってるかも知りたいし」

「予想とは？」

「あなた程度なら、一分以内に倒せるという予想です」

「…………」

彼方の言葉に、イリュートは数秒間無言になった。

「…………頭の悪い異界人め」

イリュートの声が荒くなる。

「こっちが一分で殺してやる！」

イリュートはロングソードを振り上げ、彼方に襲い掛かった。

黄白色に輝くロングソードの刃と彼方の聖水の短剣の刃がぶつかった。

甲高い金属音が部屋の中に響く。

イリュートは唇を動かしながら、ロングソードを真横に振る。

――呪文を使うつもりだな。あの唇の動きは…………目をくらませる呪文のほうか。

彼方はイリュートの唇の動きで呪文を予測し、左のまぶたを閉じる。一秒後、イリュートの左手が輝くと同時に彼方は斜め後ろに下がり、イリュートから距離を取った。

「逃がしませんっ！」

イリュートは一気に前に出て、ロングソードを振り上げた。彼方は閉じていた左目を開き、ロングソードの攻撃を聖水の短剣で正確に受ける。

「ちっ！」と舌打ちをして、イリュートが下がった。

「なかなかやりますね」

「その呪文は、さっき見てたからね」

そう言って、今度は彼方が前に出た。

ぐっと左足を前に出し、聖水の短剣を振る。その動きに合わせて、青白い刃が一気に伸びた。

イリュートの目が大きく開く。

イリュートは体勢を崩しながら、その攻撃を避ける。彼方はさらに一歩前に出て、聖水の短剣を振り下ろした。長く伸びた刃が半透明の光の壁に当たって弾かれる。

イリュートは後ずさりしながら、ロングソードを構え直した。

「あなたの自信の理由がわかりました。その短剣と腕輪…………素晴らしいレアアイテムですね」

「…………まあね」

「そんないい武器を使っても私には勝てない。あなた程度の実力では」

「そう思うんですか？」

「ええ。実はね…………私、本気を出してなかったんです」

イリュートの唇の両端が裂けるように吊り上がる。

「こっちは、まだ、倒さなければいけない冒険者がたくさんいますから、魔力を温存したかったんです。でも、特別に使ってあげますよ」

「特別に、ですか?」

「あなたの絶望する顔が見たくなったんです」

イリュートは両手を交差させるように動かす。彼の目の前に光の壁が現れた。

そして、イリュートは呪文の詠唱を始める。

――光の壁でこっちの攻撃を防ぎつつ、強力な呪文を撃つつもりか。

意識を集中させると、彼方の周囲に三百枚のカードが出現した。

左手を動かして、一枚のカードを選択する。

呪文カード

サイコレーザー

★★★★★★★（7）

属性：無

対象に魔法防御無効の強力なダメージを与える

再使用時間：16日

レアリティ：ゴールド

彼方は伸ばした人差し指をイリュートに向けた。青白い光線が一直線に光の壁に当たる。

ガラスが割れるように光の壁が粉々になり、光線がイリュートの胸を貫いた。

「があっ…………」

イリュートの両目が極限まで開かれ、ロングソードが床に落ちた。

「そ…………そんなバカな…………」

イリュートは穴の開いた胸を両手で押さえる。手のひらが白く輝くが、その輝きはすぐに消えた。

「あ…………ぐっ…………」

「どうやら回復呪文を使えるような状況じゃなさそうですね」

彼方はゆっくりとイリュートに歩み寄る。

「まあ、回復しようとしても、その前に僕がとどめを刺しますけど」

「バカな………。こんな強力な呪文を召喚師が………使えるはずが………」

「僕は召喚師とは言ってませんよ………って、もう聞こえてないか」

イリュートは目を見開いたまま、絶命していた。

その姿を見て、彼方の表情が暗くなる。

──最初から殺す覚悟はしてた。だけど………殺したくはなかったな。

聖水の短剣を握る手が微かに震えた。

──いや、この世界では覚悟を決めておかないと。自分の仲間を守るために敵は殺す。たとえ、それが人であっても………。

「彼方様、大丈夫ですか？」

無言になった彼方に魅夜が声をかける。

「………うん。平気だよ。ケガもしてないしね」

彼方は青白い顔で微笑んだ。

「これから、どうします？」

「まずは出口を確認しておこう。イリュートが言ったことがウソの可能性もあるし」

「わかりました。それにしても………」

「んっ？　どうかしたの？」

「いえ。前に召喚していただいた時よりも、彼方様が強くなっておられるので、少し驚いたんです」

「僕は君たちみたいに能力値が決まってるわけじゃないからね。それに自分自身が強くならないと、カードを使う前に殺されてしまったら、意味ないから」

彼方はイリュートの死体に開いた穴を見つめる。

――遠距離の戦いなら、ザルドゥを倒した僕がやられる可能性は低い。だけど、近距離は注意しておかないとな。なんせ、僕の体は普通の人間と同じなんだから。

額に浮かんだ汗を手の甲で拭って、彼方は息を吐き出した。

◇

亜里沙と別れたレーネ、ザック、ムル、ミケ、ピュートは左右に無数の扉がある細い通路を歩いていた。

レーネはチョークで印をつけていた扉を開く。

背後にいたミケが扉の先にある小部屋を見て口を開く。

「にゃっ！　この部屋は前に通ったことがあるにゃ」

「うん。拠点に戻るからね」

「拠点ってみんながいるところかにゃ？」

「そう。蜘蛛のモンスターのことをアルクに伝えておきたいし、三人死んで五人のパーティーになったから」

レーネは薄い唇を強く結ぶ。

――この状況でイリュートに襲われたら危険だ。ミケとピュートはそれなりに頑張ってるけど、Fランクに過度の期待はできないし。せめて別行動してる他のパーティーと合流できたら。

レーネは険しい表情で小部屋の奥に移動して、別の扉をそっと開いた。

「あ………」

レーネの瞳に倒れている八人の冒険者たちの姿が映った。冒険者たちは大量の血を流していて、その体に女王蜘蛛が覆い被さっていた。

グシャ……グシャ……グシャ……。

死体の肉を噛む不気味な音が聞こえてくる。

その周囲には半透明の蜘蛛たちがいて、千切れた肉片を食べていた。

レーネは音を立てないようにして、扉を閉めた。

「ヤバイな」

「どうした？　レーネ」

ザックがレーネに声をかけた。

「女王蜘蛛よ。八人やられてる」

「まだでかいのがいたのかよ？」

「さっきとは別の群れの女王様ってことでしょうね」

「やられたのは俺たちといっしょに探索に出た奴らか？」

「うん。これで、探索組は私たちだけになったたってこと」

「ちっ！」とザックは舌打ちをした。

「こうなったら別の道を通って、アルクたちと合流するしかないな」

「………ああ」

狼《おおかみ》の顔をした獣人のムルがうなずく。

「急ごう！　イヤな予感がする」

「イヤな予感か。ムルの予感は当たるからな」

ムルの首の後ろの毛が逆立っているのを見て、ザックの体が微かに震えた。

レーネが扉を開けると、大部屋の奥に集まっているアルクたちの姿が見えた。

壁際には数人の冒険者たちが体を横たえている。どうやら交替で休みを取っているようだ。

レーネたちの姿が気づいたアルクが早足で駆け寄ってきた。

「どうしたんだ？　三人いないようだが？」

「殺されたよ。半透明の蜘蛛にね」

「蜘蛛？　強いモンスターなのか？」

「小さいのはたいしたことない。でも、何百匹……もしかしたら、何千匹もいるかも」

レーネは集まってきた冒険者たちに蜘蛛と戦った話をした。

「………探索に出たもう一つのパーティーは全滅よ。別の蜘蛛の群れにやられたみたい」

「全滅………」

アルクの声が掠れる。

「おいっ、アルク！」

ザックが呆然としているアルクの肩を掴む。

「こうなったら、残った全員で行動したほうがいい」

「しかし、それでは効率が悪くなるぞ」

「人数を分けて蜘蛛の集団に殺されるよりマシだろ。二十人いれば女王蜘蛛とも互角以上に戦えるはずだしな」

「…………わかった。全員で行動しよう！」

アルクは話を聞いていた冒険者たちを見回す。

「みんなもそれでいいいな？」

冒険者たちは険しい顔を浮かべながらもアルクの提案に同意した。

その時、最下層に下りる階段から赤毛の女魔道師モーラが現れた。

「ねぇ、ちょっと来て！　あの卵が変なの」

「どう変なんだ？」

アルクがモーラに質問した。

「鼓動が速くなってて、殻の部分が透けてるの」

「透けてる？」

「うん。中に変な影が見えてて…………」

「究極のモンスターが生まれるってことか？」

「そう…………かもしれない」

数人の冒険者たちが最下層に下りる階段に向かう。

「待てっ！　全員で行こう！　そのほうが何かあった時にも対処しやすい」

アルクの指示に従って冒険者たちは全員で最下層に下りる。

先頭を歩いていたアルクの足が階段の途中で止まった。

冒険者たちは口を半開きにして、植物のつるのようなもので支えられた球体を凝視する。赤黒かった殻の部分が透けていて、中で黒いものが動いている。

ドクン……ドクン……ドクン……ドクン………。

レーネが球体から視線をそらさずに乾いた唇を動かした。

「今のうちに逃げたほうがいいかもしれない」

「多分、まだ大丈夫なはず」

背後にいたモーラが言った。

「究極のモンスターが生まれるためには、私たちが死ぬことが重要な要素になるって、ネフュータスが言ってたでしょ」

「私たちが生きてるから、まだ余裕があるってこと？」

「……………そうね。ここに二十人の冒険者がいるし、別行動してる連中もいる。百人の冒険者を雇ったんだから、それに近い生け贄が必要なはずよ」

「どうにかならねぇのか？」

ザックが荒い声を出した。

「奴らが究極のモンスターって言ってたんだ。Sランクの冒険者でもいなけりゃ、どうにもならないぞ」

「大丈夫にゃ！」

ミケが明るい声で言った。

「彼方なら、究極のモンスターも倒してくれるにゃ」

「いや、それは無理だろ」

ザックが呆れた顔で首を左右に振る。

「あいつがそれなりに強いのはわかってるが、上位のモンスターと戦っても死ぬだけだ。いや、もしかしたら、もう、イリュートに殺され………」

「バカなこと言わないのっ！」

レーネがザックの頭を軽く叩いた。

「彼方なら、イリュートに勝てないと思ったら、戦うことを避けるはずだし」

「それならいいんだが………」

ザックは彼方の無事を祈って、右手の人差し指と中指を絡める。

「ねぇ、試してみたいことがあるんだけど」

モーラがアルクの肩に触れた。

「殻が薄くなった今なら、私の呪文が効くかもしれない」

「呪文で卵を壊そうって言うのか？」

「うん。やってみる価値はあると思う」

そう言って、モーラは階段を下りる。

「みんな、私の後ろに移動して。今から全力の呪文を撃つから」

「わっ、わかった。みんなっ、モーラの後ろに集まってくれ」

アルクの言葉に従って、冒険者たちがモーラの背後に移動する。

モーラは杖の先端を球体に向ける。

「動かない物なら、詠唱が長くても問題ないから」

深く息を吸い込んで、モーラは呪文を唱える。

「気高き炎の精よ…………我に力を与えたまえ。ルーファルトゥ…………エスレイリル…………イフラートル…………」

モーラの持つ杖の先端が赤くなり、周囲の温度が上がった。

「…………ラーフェル…………ギルドゥ…………レーグエル！」

呪文の詠唱を終えたモーラの唇が裂けるように広がった。

「じゃあ、さようなら」

モーラは杖の先端を集まっていた冒険者たちに向ける。

オレンジ色の炎が呆然としている冒険者たちの体を包んだ。

「逃げてっ！」

レーネは近くにいたミケとピュートを左右の手で突き飛ばした。同時にレーネの目の前に炎が迫る。短く舌打ちをして、レーネはぐっとしゃがみ込む。レーネの頭上を炎が覆う。

強い熱気を感じてレーネの顔が歪んだ。床を転がるようにしてその場から離れる。顔を上げると、十数人の冒険者たちが炎に包まれているのが見えた。

「があああああっ！」

冒険者たちは悲鳴をあげて、のたうち回る。肉と髪の毛が焼ける臭いが周囲に充満した。

レーネは視線を左右に動かす。

――ザックとムルは………上手く避けたか。ミケとピュートも無事ね。アルクも大丈夫。他は残ってるのが………三人っ⁉

「どういうつもりだ⁉」

アルクがロングソードをモーラに向けた。

「もう、わかってるでしょ。私が裏切り者ってわけ」

モーラはにんまりと笑いながら、後ずさりして距離を取る。

「逃がすかよ！」

三人の冒険者が、モーラに駆け寄る。

前を走っていた二人の冒険者がロングソードを振り上げた瞬間、その背後にいた巨漢の冒険者が大剣を横に振った。

ぐしゅりと不気味な音がして、二人の冒険者たちの首が飛ぶ。二人は首のないまま、よろよろと歩いた。そして前のめりに倒れ込む。

「グレイブ………お前………」

アルクが色を失った唇を動かして、巨漢の男を凝視する。

「ああ。俺もカーリュス教なんだよ」

巨漢の男――グレイブがモーラを守るように前に立った。

「残りは………六人か」

「そのうちの二人はＦランクだから、実質四人ってところね」

モーラはそう言いながら、ザックに杖の先端を向ける。オレンジ色の光球が放たれた。

「舐めるなっ！」

ザックは素早く左に移動する。

「この程度の速さなら、なんとでもなるっ！」

「そうね。でも、あなたを狙ったわけじゃないの」

突然、光球が直角に曲がり、ムルの肩に当たった。爆発音がして、ムルの体が吹き飛ばされる。

モーラはピンク色の舌で上唇を舐めた。

「油断したわね。実は私、Cランクレベルの力を持ってるの。そしてグレイブもね」

「そういうことだ」

グレイブが大剣を構えて、ザックに攻撃を仕掛けた。一メートルをゆうに超える刃が真横からザックの胴体を狙う。その攻撃をザックはロングソードで受けた。

金属音が響き、ザックのロングソードが折れる。

「くそっ！」

ザックは折れたロングソードをグレイブに投げつけ距離を取った。そして黒焦げになった冒険者の側《そば》に落ちていた別のロングソードを拾い上げる。

「何度でも折ってやるよ」

グレイブは巨体を揺らしながら、ザックに近づく。

「ザックっ！　右っ！」

レーネの言葉に反応して、ザックは右に飛んだ。同時にレーネが両手でナイフを投げる。

グレイブの目を狙った攻撃は大剣の分厚い刃で防がれた。

――あんな大きな武器を使ってるわりに動きが速い。たしかにCランクレベルの実力ってことか。

レーネは歯をカチリと鳴らして、新たなナイフを手に持つ。

「ミケも戦うにゃああ！」

ミケがピコっとハンマーを振り上げ、モーラに駆け寄る。

「Fランクは引っ込んでなさい！」

モーラは杖の先端をミケに向けた。

オレンジ色の炎がミケを包む。

「にゃあああ！」

ミケは両手を地面につけて、四足獣のように逃げる。

モーラの目が大きく開いた。

「焼き殺したと思ったけど、魔法耐性があるアイテムを持ってたのね」

ミケと入れ替わるように、ウサギ耳のピュートが前に出た。

ジグザグに動きながら、短剣でモーラを攻撃する。

「甘いのよっ！　ウサギちゃん」

モーラは杖で短剣を受けて、新たな呪文を唱える。

頭上に五本の炎の矢が出現した。

「みんなっ！　下がって！」

レーネは大声をあげて、自分もモーラから離れる。

炎の矢が、レーネ、ザック、アルク、ミケ、ピュートに迫る。

その攻撃をザックとアルクはロングソードで受け、レーネとミケとピュートはすんでのところでかわした。

モーラの表情が険しくなった。

「作戦ミスだったようね」

レーネがナイフを構えて、じりじりとモーラに近づく。

「全員、最初の呪文で焼き殺せると思ったんでしょうけど、そうはいかない」

「そうね。多少残っても、私とグレイブで簡単に全滅させられると思ってた。なかなか、やるじゃない」

モーラは白い歯を見せて笑う。

「でもね、こっちはCランクレベルが二人。そっちはDランクが三人にFランクが二人。どっちが有利かはわかるわよね？」

「こっちだって、いつまでもDランクレベルってわけじゃないから」

「残念ながら、あなたたちが昇級試験を受けることはできないわ。ここで死ぬから」

「それはどうかな？」

突然、レーネの背後から男の声が聞こえた。

レーネが振り返ると、そこにはウードと斧をかついだタートスが立っていた。

ウードは黒光りする短剣を構えて、ゆっくりとモーラに近づく。

「これで、Dランクが二人追加だ」

「……………たしか、ウードだっけ？」

「そうさ。よろしくな」

ウードは片方の唇の端を吊り上げる。

「助かったぜ、ウード」

ザックがウードの隣でロングソードを構えた。

「いけすかねぇ奴だが、ここは協力して奴らを倒すぞ！」

「……………ああ。まかせとけって」

そう言うと、ウードは笑みを浮かべたまま、モーラを警戒していたザックの首筋に短剣を突き刺した。

「ぐっ……………な、何を…………」

ザックは首筋から血を噴き出しながら、ウードを見つめる。

「まさか…………お前が裏切り…………」

ザックの両膝が折れ、そのまま、前のめりに倒れた。

「ウードっ！」

レーネが怒りの声をあげて、ウードにナイフを投げた。ウードはザックを突き刺した短剣で、そのナイフを弾き飛ばす。

「あんたが裏切り者だったのね！」

「それは、ちょっと違うな。俺はイリュートたちに協力することを選んだだけだ」

ウードは周囲を警戒しながら、モーラの隣に移動する。

「最初から裏切っていたのは、俺の相棒のタートスだ。タートスはカーリュス教じゃないが、イリユートと面識があったみたいでな。お前たちと別れた後に勧誘されたんだよ。仲間になれば金ももらえるし、このダンジョンの出口も教えてやるってな」

「その通りだ」

タートスが斧を構えた状態で、にやりと笑う。

「ウードなら協力してくれると思ったぜ」

「断る理由もないしな。お前の言う通り、全員を殺せば、冒険者ギルドにばれることもねぇ」

「ふざけるなっ！」

アルクがウードに向かってロングソードを振り上げる。その胸にモーラが具現化した炎の矢が突き刺さった。

「あ…………」

アルクは呆然とした顔で胸に刺さっている炎の矢を凝視する。

「終わりだ！」

タートスがアルクに駆け寄り、斧を振り下ろした。分厚い刃がアルクの肩に刺さる。

肉の潰れる音と同時にアルクの体がくずおれた。

「さて…………と」

モーラがゆっくりとレーネに近づいた。

「これで、こっちは四人、そっちは三人ね」

「くっ…………」

レーネは後ずさりしながら、唇を強く噛む。

レーネの左右でミケとピュートが武器を構えた。

「あら？　まだ、戦意は失ってないか。でも、あなたたちの死は確定してる」

「ミケは負けないにゃ！」

ミケはそう言うと、猫のようなうなり声をあげる。

「はいです。僕もまだ戦えます！」

ピュートは短剣の先端をモーラに向けた。

「さすが、Ｆランクね。状況を理解してない」

モーラは肩をすくめる。

「猫ちゃんはいいアイテムを持ってるみたいだし、そのハンマーは殺した後に高く売ってあげる」

「ミケっ、ピュート！　下がって！」

レーネはモーラに向かって二本のナイフを投げた。

そのナイフをウードが短剣で叩き落とす。

「そろそろナイフもなくなったんじゃないのか？」

「はぁ？　まだ、いっぱい持ってるし」

レーネは魔法のポーチから、新たなナイフを取り出す。

「ふんっ、何本でも投げるといいさ。投げナイフは警戒してればなんとでもなる」

ウードは長い手をだらりと下げて、レーネに歩み寄る。

「そういや、お前、ゴブリン退治の時にケンカを売ってきたな」

「だったら何？」

「今、買ってやるよ」

ウードは一気に前に出た。長い手を限界まで伸ばして短剣を振る。

レーネはつま先で床を蹴り、真横に逃げた。そして、持っていたナイフをウードに投げる。

「無駄だっ！」

ウードは首だけを動かしてナイフをかわし、長い足でレーネの頭部を蹴ろうとした。上半身をそらして、レーネは蹴りを避ける。二人の距離が僅かに開き、互いに溜《た》めていた息を吐き出した。

「おい、手伝おうか？」

タートスがウードに声をかける。

「必要ない。こいつは俺だけで倒す。手を出すなよ」

「なら、俺はFランクの二人をやるか」

タートスは斧を構えて、ミケとピュートに近づく。

「二人とも逃げてっ！」

レーネがそう言うと同時に、モーラとグレイブが動いた。

左右に分かれて、ミケたちの逃げ道を塞ぐ。

「逃がすわけないでしょ」

モーラがにやりと笑う。

「でも、そのハンマーを渡してくれたら、苦しまずに殺してあげる」

「これはダメにゃ！」

ミケがピコこっとハンマーを両手でしっかりと握り締める。

「これは彼方が貸してくれたいい武器なのにゃ。絶対に渡せないのにゃ」

「なら、苦しんで死になさい。グレイブっ！」

グレイブがのそりと前に出て大剣を振った。

「にゃあああっ！」

ミケは手を床につけて、低い姿勢で避ける。

だが、それをグレイブも予想していた。太い丸太のような足で、逃げようとしたミケの腹部を蹴り上げる。

ミケの体が吹き飛び、ピコっとハンマーが手から離れた。

「にゃ…………う…………」

ミケはよろよろと立ち上がり、ピコっとハンマーを拾い上げる。

「…………ほぉ。まだ起き上がれるのか。今ので内臓を潰したと思ったんだが」

「そのハンマーが防御力を上げてるみたいね」

モーラは笑みの形をした唇を舐める。

「グレイブ、ハンマーは壊さないように注意して」

「ああ。まかせとけ」

グレイブは大剣を放り投げて、素手でミケに近づく。

動きが鈍くなったミケの腕を掴み、力任せに放り投げる。

ミケの体が壁に当たり、床にうつぶせに倒れる。

「う…………うにゃあ…………」

ミケは上半身を起こすが、立ち上がることはできなかった。

「これで終わりだな」

グレイブはミケの頭部を右手で摑んで持ち上げる。

「ミケさんっ！」

ピュートがミケを助けに行こうとしたが、その前にタートスが立ち塞がる。

「お前が死ぬのは、もう少し後だ。そこで待ってろ」

「じゃあな」

グレイブがミケを壁に叩きつけようとした瞬間――。

呪文カード

魔水晶のジャベリン

★★★★★（5）

属性：地

対象に強力な物理ダメージを与える

再使用時間：10日

レアリティ：ブロンズ

青白く輝く半透明の槍《やり》がグレイブの巨体を貫いた。

「がはっ…………」

グレイブは極限まで両目を見開き、胸元に突き刺さった長さ二メートルの槍を見つめる。

「ばっ…………バカな。どこから…………」

「ここからだよ」

グレイブの視線が長い階段に向けられた。

そこには彼方と魅夜が立っていた。

グレイブの巨体がぐらりと傾き、槍を突き刺したまま、音を立てて倒れた。

彼方は、モーラ、ウード、タートスの動きを警戒しながら、一歩ずつ階段を下りる。

そして、ゆっくりとミケに歩み寄った。

「ミケ、大丈夫?」

「………あ、彼方……にゃあ」

ミケが弱々しい笑みを見せた。

「ミケは……平気にゃ。まだ、戦える……にゃ」

「うん。頑張ったんだね。さすがリーダーだ」

彼方は意識を集中させて、カードを使用する。

呪文カード

リカバリー

★（1）

対象の体力を回復し、ケガを治す

再使用時間：３日

レアリティ：シルバー

彼方の右手が白く輝き出す。その手をミケにかざすと彼女の体にできていたあざがすっと消えた。

「にゃあ…………痛くなくなったにゃ」

ミケは、まぶたをぱちぱちと動かして上半身を起こした。

「ミケはここで休んでて」

そう言って、彼方は立ち上がる。

「魅夜、ミケを守ってくれるかな」

「かしこまりました」

魅夜はミケの前に立って、漆黒の短剣を構える。

彼方の瞳に倒れているザックとムルが映った。

――ザックさん、ムルさん、助けることができなくてすみません。

両方のこぶしが小刻みに震え、手のひらに爪が食い込む。

「………レーネ、ピュート、君たちも下がっていいよ。残りの三人は僕がやるから」

その言葉を聞いて、ウードの眉がぴくりと動いた。

「ちっ！　不意打ちで一人倒したぐらいで、調子に乗りやがって」

「………ウード」

彼方は暗い声を出す。

「君は間違った選択をした」

「間違った選択？」

「イリュートたちの仲間になったことだよ」

「正しい選択だろ」

ウードはちらりと魅夜を見る。

「お前が召喚呪文を使えるのは、ウソじゃなかったようだな。弱そうなメイドだが」

「多分、君より強いと思うよ」

「ふんっ、はったりは止《や》めろ。魔力がでかくねぇと、強い奴は召喚できねぇんだよ」

右手に持った短剣でウードは自分の太股を二度叩く。

「タートスっ！　お前は手を出すなよ。Ｆランクの雑魚《ざこ》ごとき、俺だけで十分だ」

「………ああ。わかってる」

タートスが一歩下がった。

「じゃあ、始めるか」

ウードはゆっくりと左に移動する。

その動きに注意しながら、彼方はカードを選択する。

アイテムカード
深淵の剣
★★★★★（5）
闇属性の剣。装備した者の攻撃力を上げ、呪文を打ち消す効果がある

具現化時間：6時間

再使用時間：12日

レアリティ：ゴールド

金色の輝きとともに漆黒の剣が具現化される。

彼方が手にした深淵《しんえん》の剣を見て、ウードの目が大きく開く。

「剣の具現化だと？　そんなこともできるのか？」

「驚くのはまだ早いよ」

彼方は剣を両手で握り、足を軽く開く。

「ウード、あなたは強い」

「…………何だ、突然」

ウードが首をかしげた。

「まさか、褒めたから見逃してくれって言うんじゃないよな」

「そんな気はないよ。素直にすごいと思っただけさ。僕が手強いと感じてるのに、わざと油断した言動を取ってるところがね」

「………わけがわからねぇな」

「こういうことだよっ！」

彼方はウードに背を向けて、背後で斧を構えていたタートスに駆け寄った。

タートスが慌てて斧を振り上げる。しかし、その斧を振り下ろす前に彼方の深淵の剣がタートスの胸当てに突き刺さった。

「ぐっ、貴様っ！」

「あ………が………」

タートスは驚愕《きょうがく》の表情を浮かべたまま、ぐらりと仰向けに倒れた。

「どっ、どういうつもりだ？」

ウードの声が上擦った。

「俺とお前の勝負だろうがっ！」

「そんな約束をした覚えはないし、あなただって、それを守る気はなかったじゃないか」

彼方は、じっとウードを見つめる。

「さっき、短剣で自分の太股を二回叩いたよね。あれはタートスへの合図だ。僕が油断したら、背後から襲えってところかな」

その言葉にウードの顔が歪む。

「…………どうして気づいた？　あれは、俺たちだけしか知らない合図だぞ」

「太股の叩き方に違和感があったし、一瞬だけど視線がタートスに向いた。タートスが合図に気づいたかどうか知りたかったんだろ？」

彼方は淡々と言葉を続ける。

「それに君が左に動いて、僕の背後にタートスがいる状況を作り出そうとしてた動きもわざとらしかったよ」

「…………てめぇ」

ウードの声が微かに震えた。

突然、モーラが動いた。彼女の上空に五本の炎の矢が出現し、彼方に向かって放たれる。

彼方は深淵の剣を斜めに振る。深淵の剣の効果で炎の矢が全て消滅した。

今度はモーラの目が見開かれた。

「呪文が斬れる剣？　そんなものを持ってたの？」

「まあね」

彼方はウードを警戒しつつ、モーラに近づく。

モーラは後ずさりしながら、舌打ちをする。

「Fランクのあなたがここまで強いとは予想外だったわ。でも、あなたは死ぬことになる」

「僕が死ぬ？」

「そうよ。仮に私たちを殺せたとしても、こっちにはイリュートがいるの。あなたが強くても、イリュートにはかなわない。だから、あなたの死は確定してるの」

「イリュートは死んだよ」

「………え？」

モーラはぽかんと口を開けた。

「今、何て言ったの？」

「イリュートは死んだって言ったんだ」

「はぁ？　どうしてイリュートが死ぬの？」

「僕が殺したからだよ」

数秒間、モーラは沈黙した。

「………そんなこと、あるわけないでしょ。イリュートはBランクの魔法戦士なのよ」

「そうだね。銀色のプレートを持ってたから、わかってるよ」

彼方は魔法のポーチから銀色のプレートを取り出した。

「冒険者ギルドへの報告もあるし、死体から回収しておいたよ。イリュートのプレートをね」

「あ………」

銀色に輝くプレートを見て、モーラの顔が蒼白になった。

「こ………こんなこと、ありえない」

モーラは彼方の持つ銀色のプレートを見て声を震わせた。

「どうやって、イリュートを？」

彼方は質問に答えずにモーラに向かって走り出した。

慌ててモーラは呪文の詠唱を始める。

彼方とモーラとの距離が三メートルに近づいた時、モーラの前に炎の壁ができた。

彼方は深淵の剣を振って、炎の壁を消滅させる。

モーラの顔が恐怖で歪んだ。

「まっ、待って！　降参よ！」

「待てないよ」

彼方は杖ごとモーラの体を斜めに斬った。

「かはっ…………」

モーラは血を噴き出しながら、両膝をついた。

「わ、私はもう戦う気は…………」

「あなたに戦う気はなくても、僕にはあるから」

彼方は冷たい視線をモーラに向ける。

「それにカーリュス教は欲望のためなら、人を殺していいんだろ？　それなら自分が殺されても文句はないよね」

「た、助け…………」

「助けを求める相手が違うよ」

彼方は呆然としているウードを見る。

彼方と視線が合った瞬間、ウードは我に返った。

「くそっ！」

ウードはくるりと体を回転させ、階段に向かう。

その行く手をレーネが塞いだ。

「どけっ！　シーフ女」

「どくわけないでしょ」

レーネは腰に提げていた短剣を引き抜く。

「ザックを殺したあんただけは絶対に逃がさない！」

「なら、死ねっ！」

ウードは二本の短剣を左右の手に握り、レーネに襲い掛かった。その攻撃をレーネは丁寧に受ける。防御に徹して、攻撃をしないレーネにウードの唇が歪む。

「どういうつもりだ!?」

「あなたを倒す必要はないってこと」

レーネは後ずさりしながら、薄い唇を動かす。

「私はあなたを足止めできればいい。そうすれば…………」

「僕があなたを殺すから」

彼方がウードに歩み寄る。

「あっ、ぐっ！」

ウードは彼方に向き直った。

「たっ、助けてくれ！」

「無理だね」

彼方は深淵の剣をウードに向ける。

「あなたはザックさんを殺した。それだけでも見逃す気にならないよ」

「情けはないのかよ？」

「ないね。僕は聖人じゃないから」

「くそっ！」

覚悟を決めたのか、ウードは腰を低くして、両手に持った短剣を強く握る。

「やってやるよ。お前さえ殺せば後は雑魚なんだ。絶対に逃げ切ってやる！」

「じゃあ、終わらせよう」

彼方は深淵の剣の柄の部分で自分の太股を二回叩いた。

「レーネ！　君は手を出さなくていいよ。ウードごとき、僕だけで十分だから」

その言葉を聞いて、ウードの視線がレーネに向いた。

同時に彼方が前に出る。

「てっ、てめぇ！」

ウードは短剣で彼方の心臓を狙う。

その短剣を彼方は左腕にはめた腕輪で受け、深淵の剣でウードの胴体を薙《な》ぐ。

「あ…………」

ウードは極限まで目を見開き、魚のように口をぱくぱくと動かす。

赤い血がウードのズボンを濡《ぬ》らし、床を赤く染める。

「ごっ…………が…………」

ウードの体が傾き、仰向けに倒れた。

彼方は氷のように冷たい視線をウードに向けた。

「あなたが使おうとした技を応用したよ。文句はないよね？」

「ちく…………しょう」

ウードは血の気《け》を失った顔を上げて、彼方を見つめる。

「どうして…………こんなに強い…………」

「異界人の中には、たまに特別な力を持ってる者がいるらしいよ」

「お前が…………そうだと言うのか？」

「ええ。でも、あなた程度なら、そんな力がなくても負ける気はしないな」

「ぐっ…………」

ウードは目と口を大きく開いたまま、絶命した。


彼方はゆっくりと倒れているモーラに近づいた。

モーラの手には空の小瓶が握られている。

「回復薬か？」

「…………そうよ。残念ながら、傷が深くて助かりそうにないけどね」

モーラは血のついた唇を歪めて笑う。

「だけど、あなたも道連れにできるのは悪くないわ」

「道連れ？」

「…………そう。ウードが死んだことで…………儀式が終わったの」

震える手を動かして、モーラは頭上にある球体を指差した。

「絶望を感じて…………死になさい。ふっ、ふふっ…………」

ドクン…………ドクン…………ドクン…………。

鼓動が大きくなり、球体にひびが入る。どろどろとした赤黒い液体が滴り落ち、鋭い爪を持つ四つの手が、中から球体を突き破った。

そして――。

それが姿を見せた。

それはカエルのような顔をしていた。瞳は金色で、開いた口から無数の尖《とが》った歯が見える。肌は青黒い鱗《うろこ》に覆われ、膨らんだ腹部には巨大な別の口があった。

それは体をうねらせて球体から落ちる。

「グギャ…………」

不気味な鳴き声をあげて、それは立ち上がった。体長は三メートル近くあり、背中から、胴回りが八十センチ程の二匹の蛇が生えていた。二匹の蛇はうねうねと体を動かし、周囲を見回している。

「何だ…………この生き物は？」

彼方の声が掠れる。

――顔はザルドゥに似てるけど、背中から蛇が生えてるし、腹にも大きな口がある。いくつもの生物が組み合わさったキメラってやつか。

それ――キメラは最下層全体に響き渡る咆哮をあげて、彼方に襲い掛かった。

「彼方様っ！」

キメラの前に、魅夜が立ち塞がった。素早く唇を動かし、呪文を唱える。オレンジ色の光球が出現し、キメラの胸元に当たる。青黒い鱗がその攻撃を弾き飛ばした。

キメラはスピードを落とすことなく魅夜に近づき、鋭い爪を振り下ろした。魅夜は片膝をついてその攻撃をかわし、漆黒の短剣でキメラの脇腹を突く。

しかし、刃先は数センチしかめり込まない。

「硬い………ですね」

魅夜はキメラの太い脚を蹴り、宙返りをして距離を取ろうとした。

「ギュアアア！」

キメラは巨体とは思えないスピードで動き、着地しようとした魅夜の左の足首を掴んだ。そのまま、魅夜を振り回し、強い力で投げ飛ばす。ドンッと大きな音がして、魅夜の体が壁に激突した。

魅夜は苦悶《くもん》の表情を浮かべながら、右足だけで立った。

「ま………まだまだ………」

「魅夜、もういい。戻れ！」

彼方がそう言うと、魅夜の体がカードに戻り、すっと消えた。

――魅夜、ありがとう。君は充分、役に立ってくれたよ。

魅夜に感謝しながら、彼方は意識を集中する。三百枚のカードが彼方の周囲に出現した。

召喚カード

武神呂布の子孫　呂華

★★★★★★★★★（9）

属性：地	
攻撃力：9000	体力：5200
防御力：4800	魔力：0
能力：自身の体力、防御力を減らして、攻撃力を上げることができる	
召喚時間：3時間	
再使用時間：20日	
レアリティ：ゴールド	

りょ、呂華が出たぞーっ！　逃げろーっ！

彼方の目の前に、中華風の鎧を装備した十八歳ぐらいの少女が現れた。

少女は切れ長の目をしていて、長い黒髪を後ろに束ねていた。肌は小麦色で、右手には槍と斧が組み合わさったような武器――戟《げき》を持っている。

「呂華《りょか》っ！　キメラを倒せ！」

「はいはーいっ！」

少女――呂華は不敵な笑みを浮かべて一直線にキメラに向かって走り出す。

「我は武神呂布《りょふ》の子孫、呂華なりっ！　いざ、尋常に勝負！」

「グウウッ！」

キメラはうなり声をあげて、四本の手を振り上げた。尖った爪を持つ左右の手が、呂華の頭部を狙う。しかし、呂華は避ける動きをしなかった。

さらに一歩踏み込み、キメラとの距離を縮めると、両手で戟を真横に振る。刃先がキメラの脇腹に当たり、千キロ以上ある巨体が真横に吹き飛んだ。

キメラは壁際で横倒しになり、脇腹から流れ出した青紫色の血が床を濡らした。

「あれぇ？　一撃で終わりってことはないよね？」

「グギャアア！」

キメラは怒りの声をあげて、すぐに立ち上がる。脇腹の傷口がみるみると塞がっていく。

「おおーっ！　再生能力ありか。こうでないと面白くないよねっ！」

瞳を輝かせて、呂華は上唇を舐める。

「彼方っ！　別のクリーチャーを召喚する必要はないから。このモンスターは私の獲物だっ！」

強く右足で床を蹴って、呂華は一瞬でキメラの正面に移動する。

キメラの背中から生えていた二匹の蛇が炎を吐き出した。呂華の体が炎に包まれるが、それでも彼女は攻撃を止めなかった。体を回転させるようにして炎を振り払い、戟をキメラの脚に叩き込む。

がくりとキメラの体が傾く。呂華は曲がったキメラの膝の上に足を乗せ、真上に飛んだ。

そして戟で蛇の頭部を斬り落とす。

「ガアアアアッ！」

キメラは叫び声をあげて、後ずさりする。

「今度の攻撃はどう？　少しは効いたかな」

「グウウウッ！」

首のない蛇の胴体がうねうねと動き、その先端から、新たな頭部が現れた。

「…………へぇ、それも再生するんだ」

感嘆の声を呂華は漏らす。

「なら、私も本気出しちゃおうかな」

「今までの攻撃は本気じゃなかったの？」

後方にいた彼方が呂華に質問する。

「当然っ！　攻撃力９０００を舐めないでよね」

そう言って、呂華はにっと白い歯を見せた。

「それじゃあ、戦闘再開っ！」

呂華は戟を握り締め、左足を前に出す。腰をぐっと低くして限界まで体を捻った。

キメラは雄叫《おたけ》びをあげて呂華に近づき、二本の右手で彼女の頭部を狙う。さらに左手で戟を掴もうとした。

その瞬間、呂華の体が黄金色に輝いた。捻れていた体が戻り、戟が斜め下から振り上がる。

衝撃音とともに、キメラの上半身が吹き飛んだ。上半身は緑色の壁に当たり、ぐしゃりと潰れる。

「今度は再生できるかな？」

呂華は壁に張り付いているキメラの上半身に戟の刃先を向ける。

「ギュ…………ゴッ…………」

キメラの目が白く濁り、開いていた口から大量の血が流れ落ちた。背中の二匹の蛇も、その動きを止める。

「どうやら、死んだみたいだね。まあ、なかなか強かったかな」

「呂華っ！　下半身のほうだ！」

彼方の言葉に、呂華は視線をキメラの下半身に向ける。キメラの下半身の口が裂けるように開き、その口から、黒い炎が放たれた。呂華の体が黒い炎に包まれる。

「ぐっ……………」

呂華は痛みに顔を歪めながら、キメラの側面に移動する。

ボコ………ボコ………ボコ………。

不気味な音がして、斬られた部分からピンク色の肉が盛り上がっていく。その肉が上半身を形作っていく。

「下半身からも再生できるってわけね」

呂華は短く舌打ちをして、戟の刃先をキメラに向ける。

――面倒なモンスターだな。

彼方は完全に再生したキメラをじっと見つめる。

――ただ、呂華のおかげで、ある程度の情報は手に入った。上半身ではなく、下半身から再生したってことは、そっちに核のようなものがあると考えてよさそうだ。それを壊せば、もう再生はできなくなるはず。問題は、その場所だけど…………。

「呂華！　お腹の口の奥を狙って！」

「お腹の口？　そこが弱点なの？」

「確実じゃないけどね」

「じゃあ、試してみるか」

呂華はキメラの四本の手の攻撃を避けながら、腹部の口めがけて、戟の刃先を突き刺す。

その瞬間、キメラの左の脇腹が僅かに膨らんだ。

——体の中で核を移動させてるのか。それなら…………。

彼方の持っていた深淵の剣が消え、三百枚のカードが周囲に浮かび上がる。

アイテムカード
妖銃ムラマサ
★★★★★★★★（8）
遠距離から強力なダメージを与える銃。弾は一発のみ
具現化時間：5分
再使用時間：19日
レアリティ：レジェンド

彼方の前に黄金色に輝く銃が出現した。彼方はその銃を両手で摑み、キメラに銃口を向ける。

「呂華、左の脇腹を狙って！」

「今度は脇腹？」

「いいからっ、早く！」

「わかったよっ！」

呂華は頬を膨らませて戟でキメラの脇腹を斬った。

同時にキメラの左脚の一部が僅かに膨らむ。

——あそこか！

彼方はキメラの左脚に銃口を向け、引き金を引いた。黄金色の弾丸が飛び出し、キメラの左脚にめり込んだ。ガラスの割れるような音とともに、キメラの動きが止まる。

「ゴッ…………ゴ…………」

キメラの体が斜めに傾き、地響きを立てて倒れる。

青黒い体がどろどろに溶け始めたのを見て、彼方は溜めていた息を吐き出す。

「どうやら、倒したみたいだな」

「ちょっと彼方っ！」

呂華が不満げな表情で、彼方に歩み寄る。

「何で、彼方が止《とど》めを刺すんだよ？　私の獲物って言ったのに」

「どっちが倒してもいいだろ。別に競争してるわけじゃないし」

「私が倒したかったんだよ！　強いモンスターだったのにさー」

「じゃあ、また、強いモンスターと戦う時には君を召喚してあげるから」

「約束だからね。もし、ウソだったら、彼方を裏切って、他のマスターにつくから」

そう言って、呂華は頬を膨らませた。

彼方は壁際に倒れているモーラに近づいた。

モーラは目を見開いたまま、死んでいた。

「止めを刺す必要はなかったか…………」

視線を動かすと、ザックの死体の前に立っているレーネの姿が見えた。

彼方は唇を強く結んでレーネに歩み寄る。

「レーネ…………大丈夫？」

「…………うん」

レーネはザックを見下ろしたまま、暗い声を出した。

「ザックはバカでお調子者だったけど、いいところもあったの。仲間思いだったし、何度も戦闘で助けられた」

レーネの視線が十数メートル先で息絶えているムルに移動する。

「ムルは無口で優しかったよ。恋人に指輪をあげるために、お金を貯めてた」

「長くパーティーを組んでたの？」

「一年ちょっとだよ。新人の私をザックが誘ってくれたの」

「…………そっか」

「冒険者やってたら、仲間が死ぬことは覚悟しておかないとね。でも、今日がその日とは思わなかったな。しかも二人ともなんて…………ね」

レーネの瞳が潤み、涙が頬を伝う。

小刻みに体を震わせているレーネの隣で、彼方はまぶたを閉じた。

――ザックさん、ムルさん。助けられなくてごめんなさい。僕がもっと早く最下層に戻ってこられてたら…………。

彼方の手のひらに爪が食い込み、痺れるような痛みを感じた。

――アルクさんも、他の冒険者たちも助けることができなかった。モーラが裏切り者だと早くから気づいていれば、こんな結果にはならなかったかもしれない。

黒焦げになった多くの死体を見て、彼方の表情が歪む。

――落ち込んでる場合じゃない。ダンジョンの中には蜘蛛たちがいるし、ネフュータスが戻ってくる可能性もある。早めに脱出しないと。

「ピュート」

「は、はい」

ピュートが彼方に駆け寄ってくる。

「君はケガしてない？」

「少し左手を火傷《やけど》しました。でも、問題ないです。ちゃんと動くです」

「じゃあ、みんなのプレートを集めてくれるかな。レーネとミケは休ませてあげたいから」

「わかったです」

彼方とピュートは死んだ冒険者たちのプレートを集め始めた。

◇

四時間後――。

長く細い階段を上ると、そこには今までと違う金色の扉があった。

「ここが出口かにゃ？」

ミケが前にいた彼方に質問する。

「多分ね。イリュートがそう言ってたし、罠《わな》の可能性は低いと思う」

彼方は警戒しながら扉を開く。

冷たい風が彼方の頬に当たり、瞳に巨大な月が映る。

「外だ………」

周囲を見回すと、そこは森の中だった。

月の光を反射した森クラゲがふわふわと周囲に浮いている。

「出られたんですね」

ピュートがウサギの耳を動かして、深く息を吸い込む。

「でも、ここはどこなんでしょうか？」

「ダンジョンの近くの森のはずだよ」

彼方は数十メートル先に見える崖を指差す。

「あの崖は見覚えがある。あの下にバーゼルたちがテントを張ってたはずだから」

「どうするですか？」

「バーゼルを殺しに行くに決まってるでしょ！」

彼方の代わりにレーネが答えた。

「あいつらはザックとムルを殺した。絶対に許さないから」

レーネはぎりぎりと歯を鳴らす。

怒りで体を震わせているレーネの肩を彼方が摑む。

「レーネ……落ち着いて」

「落ち着けないよ！　あいつらはザックとムルの仇《かたき》なんだよ。それだけじゃない。アルクだって、他の冒険者たちだって」

「わかってる。でも、カーリュス教の信者たちは、まだ二十人以上は残ってるはずだ。それにネフュータスが戻ってくるかもしれない」

「このまま、あいつらを見逃すってこと？」

「無理に戦う状況じゃないからね」

彼方はテントのある方向に視線を向けた。

「ピュートもケガをしてるし、僕の回復呪文も当分使えない。危険は避けるべきだよ。バーゼルはもう終わりなんだし」

「終わりって、どういう意味？」

「僕たちが冒険者ギルドに報告すれば、バーゼルは犯罪者になるってこと。二度と王都には戻れないだろうね。それに………」

「それに、何？」

「僕たちが殺さなくても、バーゼルが死ぬ可能性は高いと思うから」

そう言って、彼方は深く息を吐いた。

◇

ダンジョンの前にある大きなテントの中で、バーゼルは白い眉を中央に寄せた。

「…………やはり、おかしい」

「どうかしたのですか？」

バーゼルの部下の痩せた男が首をかしげる。

「昨日の夜から連絡がないんじゃ」

「イリュート様からですか？」

「うむ。あいつなら、いつでも光の呪文で連絡できるはずなんじゃが…………」

「まさか、冒険者たちにやられたのでは？」

「それはない！」

バーゼルはきっぱりと言い切った。

「集めた冒険者たちは全員Dランク以下じゃ。イリュートが負けるはずはない。モーラたちもいるしな」

「しかし、何十人もの冒険者たちと同時に戦うことになったら、危険なのでは？」

「そんなヘマをイリュートがやるとも思えん」

「…………たしかに」

男は緊張した顔でうなずく。

「ですが、確認はしたほうがいいかと」

「わかっておる。朝に偵察に行かせたから、そろそろ…………」

突然、テントの入り口からバーゼルの部下の女が入ってきた。

「バーゼル様、大変です！　イリュート様が死んでいます！」

女の言葉にバーゼルの口が大きく開いた。

「なっ、何じゃと？」

「イリュート様が死んでいるんです！」

「それは間違いないのか？」

「はいっ！　胸に背中まで突き通った穴が開いてて…………」

「呪文攻撃を受けたってことか？」

「わかりません。見たことがない傷なんです」

「モーラたちとは連絡は取れたか？」

バーゼルの質問に、女は首を左右に振る。

「それと、誰かがダンジョンから脱出したようです」

「脱出だとっ？」

「はい。私たちとは違う足跡が残ってたんです。多分、昨日の夜に逃げたのではないかと」

「バカな。どうやってあの扉を………」

しわだらけのバーゼルの手が小刻みに震える。

「これからどうすればいいのですか？　バーゼル様」

「それは………」

バーゼルは口をもごもごと動かす。

その時、テントの外から蜂の羽音のような音が聞こえた。

バーゼルたちは慌ててテントの外に出る。

そこにはネフユータスが立っていた。

「ネフユータス様っ！」

バーゼルたちは片膝をつき、頭を下げる。

ネフユータスは唇のない剝き出しの歯を動かした。

「バーゼル、何か問題があったのか？」

「はっ、じ、実はイリュートが殺されたようなのです」

「……………誰にだ？　お前たちがモンスターに殺されぬように術をかけておいたはずだが」

「はい。ですから冒険者の誰かだと思います。ダンジョンを脱出した者がいるので」

「冒険者…………ダト？」

ネフユータスの胸元にある小さな顔の唇が動いた。

「弱い冒険者を集めたのではなかったノカ？」

「その通りです。ただ、集団で襲われたのかもしれません」

「…………お前の部下は何人残ってイル？」

「ダンジョンの外にいるのは二十三人です」

「全員、ついてコイ」

ネフユータスはダンジョンの入り口に向かって歩き出した。

ダンジョンの地下一階にある魔法陣の中で、ネフュータスは足を止めた。

バーゼルとその部下たちも魔法陣の中に入る。

ネフュータスが呪文を唱えると、バーゼルたちは一瞬でダンジョンの最下層に移動した。

ネフュータスの視線がどろどろに溶けたキメラの死体に向けられる。

「なん…………だと？」

掠れた声が剝き出しの歯と歯の間から漏れた。

ネフュータスは滑るように床を移動して、キメラの死体の前に立つ。

「キメラを殺せる冒険者がいたのか？」

「それ以外に考えられレヌ」

骸骨のような顔と胸元にある小さな顔が会話を始めた。

「蜘蛛がキメラを殺せるはずがないカラナ」

「Sランクレベルの冒険者がいたということか？」

「結果から判断すればバナ。ゴミが何百人集まっても、キメラは殺セヌ」

胸元の小さな顔がバーゼルに視線を向ける。

「バーゼル、冒険者の中にSランクがイタカ？」

「い、いえ。そんな者はおりません」

バーゼルは額の汗を拭いながら、小さな顔の質問に答える。

「Aランクは？」

「全て、Dランク以下です」

「では、その中に自分の力を隠していた冒険者がいたのダロウ」

「待て………」

ネフュータスは骨と皮だけの手でバーゼルの肩を摑んだ。

「冒険者の中に氷室彼方という名前の人間はいるか？」

「氷室彼方？」

バーゼルは首をかしげる。

「います！」

バーゼルの隣にいた女が口を開いた。

「冒険者ギルドから受け取ったリストにその名前がありました」

「本当かっ？」

「はい。変わった名前だから覚えてたんです」

「………そうか」

ネフュータスの声が低くなった。

「あの冒険者たちの中にいたのか。氷室彼方が………」

「これで、キメラを殺した人間がわかったナ」

小さな顔が、ぼそりとつぶやく。

「ザルドゥ様を殺した氷室彼方なら、キメラも殺せるダロウ」

「そうだな」

ネフュータスの上の顔がうなずく。

「それで、どうスル？」

「今さらザルドゥ様の仇を取っても意味はない。だが、氷室彼方は殺しておくべきだろう。ヨム国攻略の障害になるかもしれぬしな」

「同意スル。それに我が軍団の戦力強化を邪魔した報いも受けてもらわネバ」

「では…………アレを使うか」

「いいダロウ。上手くいけば、楽に殺セル」

小さな顔が、ぽかんと口を開けているバーゼルを見つめる。

「バーゼル。お前たちにも役に立ってモラウ」

「はっ、はい。私は何をすればよろしいので？」

ネフューータスは細く尖った指先を動かす。空中に直径十メートル程の魔法陣が描かれた。

その魔法陣から黒い霧が染み出し、白い骨だけのドラゴンが姿を現した。

ドラゴンの体は多くの人の骨が組み合わさってできていた。肋骨《ろっこつ》や大腿骨《だいたいこつ》、尾骨には無数の頭蓋骨がはめ込まれている。

ドラゴンは数百本の尖った歯をカチカチと鳴らして、バーゼルたちを見回す。

「お前たちはボーンドラゴンの体の一部になってもらう」

「…………は？」

バーゼルはネフューータスの言葉が理解できなかった。

首をかしげて、ネフューータスに歩み寄る。

「それはどういう意味でしょうか？」

「お前たちの骨を全てモラウ」

小さな顔が甲高い声で言った。

「ボーンドラゴンを強化するには生きてイル者から骨を取り出さなければならないノダ。転がってイル死体は使エヌ」

「そっ、そんなっ！」

バーゼルの顔が蒼白になった。

「わ、私たちはネフュータス様のためにずっと働いてきました」

「ああ、感謝している」

ネフュータスの上の顔が言った。

「最後まで役に立ってくれるしな」

「あ…………」

「安心しろ。お前たちが死ぬことはない」

「死ぬことは…………ない？」

「そうだ。ボーンドラゴンの一部として、何百年も生きることができるのだ」

その時、ボーンドラゴンが咆哮をあげた。同時に、肋骨、大腿骨、尾骨にはめ込まれていた無数の頭蓋骨が大きく口を開いて、うめくような声をあげる。

「オオーッ…………オオウーッ…………オーッ…………」

暗く悲しげな声が最下層に響き渡る。

「この通り、ボーンドラゴンの一部になっても意識は残っておる。安心しろ」

「ひ、ひっ！」

バーゼルの部下たちが恐怖に顔を歪めて、階段に向かって走り出す。

「無駄だ……」

ネフューータスは細い手を階段に向ける。

手のひらから赤黒い光球が放たれた。光球が階段の上部に当たると同時に爆発音がして、階段が破壊された。破片が床に落ち、周囲に埃《ほこり》が舞う。

「これで、もう逃げられない」

「待ってください！」

バーゼルがネフューータスの紫色のローブを掴む。

「助けてください。わし……私は……」

「怖がらなくていい」

ネフューータスがバーゼルの肩に触れると、その体が硬直した。

「これで、もう痛みは感じない」

「あ……ああ……」

「では、骨を取り出すとするか」

ネフューータスは強張った表情を浮かべたバーゼルの顔に手を伸ばした。

◇

二日後――。

彼方、ミケ、レーネ、ピュートは王都ヴェストリアに戻り、その足で西地区の冒険者ギルドに向かった。

そして、馴染《なじ》みの受付のミルカに今回の出来事を報告した。

「きゅ、九十六人の冒険者が全滅したんですか？」

ミルカの質問に彼方はうなずく。

「全員確認したわけじゃありませんが、多分……」

彼方は魔法のポーチから五十個以上のプレートを取り出し、机の上に置いた。

「あ……」

ミルカの表情が青ざめ、ぷっくりとした唇が震える。

「ちょ、ちょっと待っててください」

ミルカは奥にいた初老の男に走り寄り、話を始めた。どうやら、その男はミルカの上司のようだ。

やがて、初老の男が彼方に近づき、丁寧に頭を下げた。

「初めまして。私は冒険者ギルドの西地区代表のタカクラと申します」

「タカクラ……さんですか？」

「…………ああ。私の先祖は異界人なんです。それでこのような名前をつけられました」

タカクラは少しだけ口角を吊り上げる。

「それよりバーゼル様がカーリュス教の信者とは本当なのですか？」

「本当よ！」

彼方の代わりにレーネが答えた。

「それにイリュートやモーラもね。あいつらはネフュータスと組んで、究極のモンスターを生み出そうとしてた。それが今回の依頼の本当の目的だったの。ウソだと思うのなら、真実の水晶の儀式を受けても構わないから」

「…………いえ。その必要はありません」

タカクラは冷静な声でレーネの目を見つめる。

「このような仕事をしていると、相手がウソをついているかどうかは、ある程度わかりますから」

「それならすぐに国に報告してよ」

「はい。四天王のネフュータスが関わっているのなら、軍隊が動いてくれるはずです」

タカクラはミルカに指示を出した後、彼方に視線を向ける。

「それで報酬の件ですが、このような事情ですので少し待っていただくことになります」

「僕は問題ありませんけど、亡くなった冒険者の報酬はどうなるんですか？」

「遺言書があれば、そのように。なければ身内にお渡しすることになります」

「そう…………ですか」

ザックとムル、そしてアルクのことを思い出し、彼方の声が暗くなった。

冒険者ギルドを出ると、夕陽が町を照らしていた。

夕食の時間が近いせいか、肉や魚を焼いた匂いがどこからともなく漂ってくる。

彼方は隣にいたレーネに声をかけた。

「レーネ、これからどうするの？」

「………ザックの両親とムルの恋人に会ってくるよ」

だらりと下げたレーネの手がこぶしの形に変化する。

「どうせ冒険者ギルドが連絡するけど、その前に伝えるのが同じパーティーにいた私の責任だから」

「僕もいっしょに行こうか？」

「ううん。私だけで大丈夫」

レーネは赤くなった目で彼方を見つめる。

「彼方………あなたは死んだらダメだからね」

「………心配しないで。これでも僕は強いから」

「うん。そうだね」

レーネの頬が緩む。

「じゃあ、またね」

零れ落ちそうになった涙を見られたくないのか、レーネは彼方に背を向けて走り出した。


「彼方さん」

ピュートが彼方の前で頭を下げた。

「僕も今日は帰ります」

「帰るってどこに？」

「ガリアの森に寝床を作っているのです。木のうろの中に干し草を敷いてて、気持ちよく眠れます」

ピュートはじっと彼方を見つめる。

「彼方さんには、また助けられたのです。ありがとうなのです」

「気にしなくていいよ。同じ仕事を受けてたんだしね」

「いつか僕も彼方さんみたいに強くなって、ご恩返ししますです」

「恩返しなんてしなくていいけど、お互いに強くならないとね。大事な仲間を守るためにも」

彼方は両方のこぶしを強く握り締めた。

第三章

七日後の朝――。

彼方《かなた》とミケは冒険者ギルドに向かった。

ミケは彼方の前を歩きながら、短剣を振るような動きをする。

「シュッ…………シュッ…………シュシュッ」

口で短剣を速く振った音を出しながら、ミケは軽くステップを踏む。

「気合入ってるね、ミケ」

「今日は待ちに待った昇級試験だからにゃ」

ミケは紫色の瞳を輝かせた。

「十回連続で落ちているミケだけど、今日は昇級できる気がするのにゃ。彼方といっしょにいっぱい冒険したからにゃ」

「そうだね。ミケは逃げるのは得意だしスピードもあるから、Eランクにはなれると思うよ」

「うむにゃ。Eランクになって、お仕事をいっぱいもらえるようになるのにゃ」

ミケはぱたぱたと犬のようにしっぽを動かす。

その姿を見て、彼方は目を細める。

――僕とミケがEランクになれば、仕事が増えるし、依頼料も増える。昨日、冒険者ギルドから、ダンジョンの時のお金も入ってきて、食費や宿代に困ることは当分ないけど。

彼方は腰に提げている魔法のポーチに視線を動かす。

――今、僕が持ってるお金は、金貨一枚とリル金貨七枚、銀貨六枚に銅貨二枚か。日本のお金で考えると、十七万六千二百円ってところだな。

「彼方っ！　いっしょにEランクになれたら、お祝いするにゃ」

「お祝いいって、何をするの？」

「ケーキ屋さんに行くにゃ。昨日新作のケーキが発売されたのにゃ」

「もしかして、王室御用達のケーキ屋さん？」

「そうにゃ。五種類のイチゴを使ったケーキにゃ。リセラ王女も絶賛だったらしいにゃ」

「へーっ、リセラ王女もか」

彼方のノドが大きく動いた。

――五種類のイチゴを使ったケーキってことは甘酸っぱい感じかな。生地はどんな感じにしてるんだろう？

「それは、食べないといけないね」

「ちょっと高いけど、お祝いだからいいのにゃ」

「うん。お祝いだしね」

自分を納得させるように、彼方は何度も首を縦に動かす。

――たまには贅沢《ぜいたく》してもいいよな。少しはお金にも余裕が出てきたし。

冒険者ギルドの中には、いつもより多くの冒険者たちが集まっていた。

彼方は冒険者たちのプレートを確認する。

――DランクとEランクの冒険者が多いな。Fランクは二十人ぐらいか。BランクとAランクの冒険者は…………いないみたいだ。

冒険者たちの話し声が聞こえてくる。

「今度こそ、Dランクにならないとな」

「ああ。Dランクになれば、しっかり稼げるようになるからな。Eランクじゃ、しょうもない仕事しかねぇし」

「お前らは楽でいいよな。こっちはCランクの昇級試験だからな。何やらされることやら」

「私もよ。優しい試験官ならいいんだけど」

「もう、Fランクってバカにされるのはイヤだ」

多くの冒険者たちが表情を強張らせている。

――緊張してる冒険者がいっぱいいる。まあ、ランクが上がれば報酬も高くなるし、生きていくためには重要な試験だからな。

十分後、奥の通路から西地区代表のタカクラが現れた。

タカクラは背筋をぴんと伸ばして、結んでいた唇を開く。

「そろそろ時間ですね。では、昇級試験を始めさせていただきます」

冒険者たちの視線がタカクラに集中する。

「まず、Bランクの方はいらっしゃいますか?」

誰も反応はしない。

「では、Cランクの方はいらっしゃいますか？」

数十人の冒険者たちが手を上げる。

「皆さんはセラさんが担当します」

タカクラがそう言うと、水色の長い髪の女が通路の奥から現れた。女は二十代前半ぐらいの外見をしていて、白を基調とした服を着ていた。胸は大きく、腰はくびれていて、銀色のブーツを履いていた。腰のベルトにはAランクの証である金色のプレートがはめ込まれている。

女――セラは値踏みするような目でCランクの冒険者たちを見つめる。

「魔道師のセラよ。私は厳しいから覚悟しててね」

Cランクの冒険者たちの顔が強張る。

「じゃあ、ついてきて。王都の外でテストするから」

セラが出入り口に向かうと、Cランクの冒険者たちも慌ててその後を追う。

タカクラは胸元でパンと両手を叩《たた》いた。

「次はDランクです。皆様の担当はAランクのクオールさんです」

銀色の鎧《よろい》を装備した背の高い男――クオールが奥の通路から姿を見せる。

「Eランクの方はBランクのクロード様が担当です。そして、Fランクは………」

「俺が担当する」

通路から二十代前半ぐらいの男が現れた。

男は金髪で革製の赤い服を着ていた。身長は彼方より五センチ程低く、腰に二本の短剣を差している。

翻訳されない文字が刻み込まれたブーツを見て、彼方の眉が僅かに動いた。

――武器は短剣でブーツはマジックアイテムか。体重は軽そうだし、スピード重視タイプかな。

「Bランクのバザム。職業は剣士だ」

男――バザムは青い瞳で冒険者たちを見回す。

「Fランクの冒険者は手を上げろ」

彼方とミケ、そして、十人の冒険者たちが手を上げた。

「………ふん。弱そうな奴ばかりだな。まあ、Fランクじゃ、しょうがないか」

バザムは頭をかきながら、短く舌打ちをする。

「お前らは中庭だ。わざわざ外で試験をする必要もないしな。ついてこい！」

Fランクの冒険者たちが通路を歩き出したバザムについていく。

彼方は足音を立てずに歩いているバザムの後ろ姿を見つめる。

――剣士にしては体格は小さいかな。でも筋肉はあるし、しっかり鍛えてる。さすがBランクってところか。

「彼方っ！　ミケたちも行くにゃ」

「あ、うん」

彼方はミケといっしょに薄暗い通路に向かった。

冒険者ギルドの中庭は、縦十五メートル横三十メートル程の広さがあり、地面は黄土色の砂がまかれていた。草木はなく壁際にはロングソードや大剣、槍《やり》、斧《おの》等が特製の棚に立て掛けられている。

彼方はブーツの底で地面の硬さを確かめる。

――砂をまいてるせいで、少し柔らかさがあるな。でも、その分、滑りやすくなってるか。

「さて…………と」

バザムは棚に置かれていた、ロングソードを手に取る。

そのロングソードの刃はアグの樹液に包まれていた。

バザムはロングソードを右手で軽く振った。空気が裂けるような音がして足元の砂が吹き上がる。

Fランクの冒険者たちがどよめく。

「速い…………」

彼方の隣にいた十代ぐらいの冒険者が呆然《ぼうぜん》とした声でつぶやいた。

――たしかに速いな。それにパワーもある。まあ、試験官をやるんだから、戦闘経験も豊富なんだろう。

「わかってると思うが、昇級試験の内容は試験官に一任される。つまり、俺が好きに決めていいってことだ」

バザムは冒険者たちを見回す。

「…………よし。単純なやり方でいくか」

「単純なやり方って？」

女の冒険者がバザムに質問した。

「模擬戦だ」

バザムは上着の胸元についたドラゴンの顔が刻まれた菱形《ひしがた》のバッジを指差す。

「このバッジはケルラの町を襲ったドラゴンを倒した褒美にアーロン伯爵からいただいた物だ」

「あなたがドラゴンを倒したの？」

「俺だけで倒したわけじゃない。ドラゴン退治に関わった二十四人がもらえたバッジだ」

バザムは誇らしげに胸を張る。

「俺の武勇伝はどうでもいい。このバッジだ。このバッジに攻撃を当てることができたら、合格にしてやる」

「それだけでいいのか？」

痩せた男の冒険者がバザムに質問する。

「ああ。剣でも槍でも斧でも素手でもいいぞ」

「素手でも？」

「指先だけでもバッジに触れれば、攻撃とみなしてやる。簡単な試験だろ？」

片方の唇の端を吊《つ》り上げ、バザムは笑う。

「ただ、俺は当然、避《よ》けるし防御するし攻撃もする」

「攻撃もするのか？」

「当たり前だろ。まあ、この通り、使うのはアグの樹液に包まれた武器だからな。お互いに死ぬことはまずない。骨折ぐらいはするかもしれないが」

「骨折って…………」

「安心しろ。冒険者ギルドの中には医務室がある。しかも昇級試験で受けた傷は無料で手当てしてもらえるんだ」

「し、しかし…………」

「もちろん、止《や》めてもいいんだぞ」

バザムは痩せた男の腕を軽く叩く。

「来月の昇級試験で優しい試験官を期待するのもいいだろうさ。で、どうする？」

「お、俺はやるぞ」

太った冒険者の男がアグの樹液に包まれた大剣を手にして、バザムの前に立った。

「おっ、お前からか」

バザムは片手でロングソードを構えた。

「いいぜ。いつでも来いよ。お前が『止める』と言うまでつき合ってやる」

「おおおーっ！」

男は大剣を振り上げ、バザムに攻撃を仕掛けた。

大剣で胸元のバッジを狙うが、バザムは余裕を持ってその攻撃を避ける。

「うおーっ！」

気合の声をあげて男は大剣を振り回す。

バザムはにやにやと笑いながら、男から距離を取った。

「別にバッジを直接狙わなくてもいいぞ。俺を動けなくなるまで叩きのめしてから、バッジに触ってもいいからな」

そう言いながら、バザムは上唇を舐《な》める。

——これは無理だな。

彼方はバザムの動きを見て、唇を噛《か》む。

——バッジに触れるだけでもいいのに大剣を選んだのも間違ってるし、元々技量もない。Fランクだからしょうがないけど。

「く…………くそっ…………」

男は肩で息をしながら、バザムに近づく。

「そろそろ終わらせるか」

バザムは低い姿勢から男の側面に回り込み、ロングソードで男の手の甲を叩いた。

「ぐあっ！」と声をあげ、男は大剣を落とす。体勢を崩した男の腹部にバザムの蹴りが入った。

男の体がくの字に折れ、口から胃液を吐き出す。

「があ…………ぐ」

「Fランクだけあって、弱いな」

バザムはロングソードを振り上げる。

「まっ…………待て。もう、俺は止め…………」

男の言葉を無視して、バザムはロングソードを振り下ろした。ボキリと不気味な音がして男の腕が異様な角度に曲がった。

「があああああっ！」

男は苦痛に顔を歪《ゆが》めて、折れた左腕を右手で押さえる。

その姿を見て、バザムの口角が吊り上がる。

「降参するのが遅《おせ》ぇよ。もっと早く言ってもらわねぇとな。くくっ」

バザムの笑い声を聞いて、冒険者たちの顔が青ざめた。

「わ、私……………止めます！」

女の冒険者が後ずさりしながら言った。

「俺も止めるぞ」

「僕も止めます！」

さらに四人の冒険者が手を上げた。

「そうかそうか。これで楽になったな」

バザムはうめき声をあげている太った冒険者の前でしゃがみ込んだ。

「実戦でなくてよかったな。実戦なら、お前は死んでたぞ」

「ぐっ…………うっ…………」

「ほら、さっさと医務室に行ってこい」

バザムは男の頭を軽く叩く。

「いいか。お前らは底辺の存在だと自覚しろ。実力ある冒険者なら、最初からDランクで登録されるんだからな。それなのに、お前らはEランクどころかFランクだ。もともと才能がないんだよ」

バザムの言葉に冒険者たちの表情が硬くなる。

「わかってるのか？　Eランクになったら、モンスター退治や護衛の依頼も増えるんだ。パーティーのサブとしてダンジョンに潜ることも多くなる。この程度の模擬戦で結果も出せないような奴を昇級させるわけにはいかねぇんだよ」

「だ、だけど…………」

十五歳ぐらいの少年の冒険者が不満げな声を出した。

「僕は魔道師なんです。こんな直接的な戦闘で、Ｂランクのあなたに勝てるわけがありません」

「だから、バッジに触るだけでいいって言ってるんだ。別に俺に勝てってわけじゃねぇ。しかも、こっちは五割の力でやってやるよ」

「五割…………ですか？」

「ああ、そうさ。そっちは全力でやればいい。魔道師なら攻撃呪文を使ってもいいぞ」

「攻撃呪文も？」

「いいぜ。俺を殺すつもりで、かかってこいよ！」

バザムは腰を低くして、だらりと両手を下げる。

覚悟を決めたのか、少年は数歩、前に出て、バザムと対峙《たいじ》した。

小刻みに震える手で杖《つえ》を握り締め、その先端をバザムに向ける。

「魔道師ならサービスしてやる。最初の呪文の詠唱が終わるまで、こっちは攻撃しない」

「それなら…………」

少年は呪文の詠唱を始める。

十数秒後、杖の先端が赤くなり、オレンジ色の光球が出現した。

その光球がバザムに向かって放たれた。

バザムは上半身を捻って、その攻撃をかわす。

「まだまだっ！」

少年は新たに呪文を唱えようとするが、その時間をバザムは与えなかった。

一気に少年に駆け寄る。

少年は慌てて詠唱を止め、杖の先端でバザムのバッジを狙った。

その瞬間、バザムの体がくるりと回転して、ロングソードの刃が少年の脇腹に当たった。少年の体が真横に飛ばされ、地面に横倒しになる。さらに攻撃を加えようとしたバザムに向かって、少年は必死に叫んだ。

「やっ、止めます！」

バザムの攻撃が少年の頭部に当たる寸前に止まった。

「呪文の詠唱は遅いが、止める言葉は早かったな」

そう言って、バザムはにやりと笑った。

少年は痛みに顔を歪めて、よろよろと立ち上がる。

――やっぱり、普通のFランクじゃ、どうにもならないな。

彼方の眉間に深いしわが刻まれる。

――今の魔道師も光球のスピードが遅すぎる。あれじゃあ、何発撃てても、バザムには当たらない。それに近づかれたら、どうにもならないし。

魔法戦士のイリュートの姿が脳裏に浮かび上がる。

――スピードと剣さばきはイリュートより上だな。その分、呪文は使えないか、たいしたレベルじゃないはず。

「で、次は誰が挑戦する？」

「ミケが挑戦するにゃ！」

ミケが元気よく右手を上げた。

「待って、ミケ！」

彼方はミケの肩を摑《つか》む。

「どうしたのにゃ？」

「……………今回は止めておこう」

彼方はミケの耳元で言った。

「あの試験官は危険だよ。大ケガするかもしれない」

「大丈夫にゃ。無理そうなら、降参すればいいのにゃ」

「だけど………」

彼方はちらりとバザムを見る。

——バザムはＦランクの僕たちをバカにしてる。それにケガをさせても構わないとも思ってるみたいだ。ミケを戦わせるのは危険だ。

——ここは、先に僕が戦って………。

「よし！　そこの猫耳。次はお前だ」

バザムがミケを指差した。

「にゃっ！　よろしくなのにゃ」

ミケはアグの樹液に包まれた短剣を手に取り、バザムの前に立った。

「待ってください！」

彼方がバザムに声をかけた。

「僕が先にやります」

「お前が？」

バザムは鋭い視線を彼方に向けた。

「お前…………異界人か？」

「そうです」

バザムの質問に彼方は答える。

「…………ふーん。名前は？」

「氷室《ひむろ》彼方」

「彼方か…………」

バザムは針のように目を細めて、彼方を見つめる。

「お前はそれなりにやるようだな。顔つきが他の奴らとは違うし、頭も良さそうだ。それにいい腕輪をつけてる。ネーデ文明のマジックアイテムのようだが、どこで手に入れた？」

「依頼人から、もらったんです」

「ほう。それだけの仕事をした経験があるってことか」

「そんなことより、先に僕と戦ってもらえますよね？」

「…………いーや。お前は最後だ」

バザムは虫を追い払うように左手を動かした。

「どうやら、この中でお前が一番楽しめそうだ」

「楽しめそう？」

「ああ。美味い肉は最後まで残しておいて食うタイプなんだよ。俺は」

そう言って、バザムはロングソードの刃先をミケに向ける。

「さあ、さっさと終わらせるぞ。かかってこいっ、猫耳！」

「にゃっ！　ミケ、いきますにゃーっ！」

ミケが短剣を構えて、バザムに攻撃を仕掛けた。

「うにゃあああ！」

ミケはバザムの胸元のバッジめがけて、短剣を突く。

その攻撃をバザムは余裕をもってかわし、ロングソードでミケの頭部を狙った。

今度はミケがその攻撃を避ける。

「おっ、予想よりも素早いな」

バザムは蹴りでミケの足を狙う。

ミケはジャンプしてバザムの背後に回り込む。

「悪くない動きだが………」

バザムは姿勢を低くして、右足で地面を蹴る。一瞬でミケの側面に移動する。

――マジックアイテムのブーツの能力か。

彼方は唇を噛んで、バザムのブーツを見つめる。

――もともと、スピードは速いはずなのに、さらにマジックアイテムでスピードを強化している。これじゃあ、Dランクのレーネだってバッジに触れるのは難しいはずだ。

「おらおらっ！」

バザムは右手でロングソードを振り回しながら、左手の指先を微かに動かす。

ミケがロングソードを避けるタイミングに合わせて、左手でミケの頭部の耳を掴もうとした。

その瞬間、ミケは両手を地面につけて、四つ足の獣のような動きで、バザムの周囲を回り出す。

「ちっ！」と舌打ちをして、バザムは金色の眉を中央に寄せた。

「面倒くさい逃げ方しやがって」

バザムは両手でロングソードを握り、大きく振りかぶる。

「これで終わらせてやる！」

振り下ろされたロングソードの刃先が地面に突き刺さった。

「にゃっ！」

ミケは体勢を崩したバザムの胸元に手を伸ばした。

「ダメだ。ミケっ！」

思わず、彼方が叫んだ。

――これは、バザムの罠《わな》だ。わざと隙を見せたんだ。

バザムは伸ばしたミケの手首を掴み、そのまま、地面に叩き落とした。

砂埃《すなぼこり》が舞い、ミケの顔が歪む。

「にゃ……………こ、降参…………」

バザムの親指がミケのノドを突く。

「ぐうっ…………」

ミケはノドを両手で押さえる。

バザムは笑みを浮かべたまま、ミケの腹部を蹴り上げる。

ミケの体が数メートル飛ばされた。

「降参します！」

彼方は叫びながら、ミケに駆け寄った。

「ミケ、大丈夫？」

「………にゃ」

ミケは痛みに顔を歪めながら、口をぱくぱくと動かす。どうやら、上手く喋《しゃべ》れないようだ。

彼方はミケのノドと腹部を確認する。

――ノドは少し赤くなってるぐらいか。お腹も………平気みたいだな。でも、リカバリーの呪文カードを使ったほうがいいか。

「………だ、大丈夫にゃ」

ミケがしゃがれた声で彼方の手に触れた。

「ミケ………は………医務室に行くにゃ」

「それなら僕も医務室に行くよ」

彼方はミケを抱き上げる。

「おい、待てよ」

バザムが彼方の肩を摑んだ。

「お前はここにいろ！」

彼方はミケを抱き上げたまま、中庭の出入り口に向かって歩き出した。

「いいですよ。昇級よりもミケのほうが大事ですから」

「ここからいなくなったら、昇級試験は失格にするぞ」

バザムの頬がぴくりと動く。

「イヤだと？」

「イヤですね」


医務室は冒険者ギルドの一階の端にあった。

中は縦横七メートル程の正方形で、壁際に並んだ棚には、多くの小瓶や壺《つぼ》が置かれている。窓はなく、天井には光る石を利用した照明があり、ぼんやりと部屋を照らしていた。

彼方が扉を開けた音が聞こえたのか、奥の部屋から三十代ぐらいの女が現れた。

女は栗色《くりいろ》の髪に栗色の瞳をしていて、白いローブを着ていた。肌も白く、胸元には緑色の宝石をあしらったネックレスをつけている。

「あら、また、ケガ人なの？」

女は抱きかかえられたミケに視線を向ける。

「まあ、いいわ。とにかくそこのベッドに寝かせて」

彼方は部屋の隅にあったベッドにミケを寝かせる。

「えーと…………名前は？」

「ミケです」

ミケの代わりに彼方が答えた。

「ふーん…………ノドに腫れがあるわね。後はお腹か…………」

女は躊躇《ちゅうちょ》なくミケのつぎはぎだらけの服をめくり、腹部を確認する。

「お腹は…………皮膚の下で少し出血があるかな。まあ、このくらいなら…………」

女はミケのノドと腹部に手を当てて、呪文の詠唱を始めた。

女の両手が緑色に輝き、赤くなっていたノドと腹部に、その光が移動する。

痛みに顔を歪めていたミケの表情が穏やかになった。

数十秒後、女はミケから離れて、彼方に向き直る。

「これで、もう大丈夫。隣に仮眠室があるから、少し寝かせておくといいわ」

「ありがとうございます。えーと…………」

「私はCランクのアルミーネ。魔法医よ」

「魔法医？」

「そう。回復に特化した役職ね。こうやって、回復呪文も使えるし薬の調合もやれる。まあ、その分、戦闘は苦手だから冒険に出ることもないけどね」

女――アルミーネは彼方のベルトにはめ込まれたプレートを見る。

「あなたたちもFランクのようね。試験官は誰？」

「バザムって剣士です」

「ああーっ、あいつはサディストだからね。前に試験官をやった時にもケガ人をいっぱい出してたなぁ」

アルミーネは深く息を吐いて、ミケの頭部の耳を撫《な》でる。

ミケはすやすやと寝息を立てている。

その時、扉が開いて、二人の冒険者が腕を押さえながら、医務室に入ってきた。

彼方はその二人がFランクの冒険者だと気づいた。

「えーっ、またなの」

アルミーネが二人の冒険者に歩み寄る。

「ケガは二人とも腕？」

「は、はい」

若い冒険者が苦しそうな顔でうなずく。

「わかった。じゃあ、こっちのベッドは使ってるから、隣の部屋に行って。私もすぐに行くから」

そう言って、アルミーネは栗色の髪をかき上げる。

「この調子じゃ、まだまだケガ人は増えそうね」

「………すみません」

彼方がアルミーネに声をかけた。

「ミケをこのまま寝かせておいてもらえませんか？」

「あ、う、うん。それはいいけど、あなたはどこに行くの？」

「昇級試験をやってる中庭に戻ろうと思って」

「そう。なら、バザムに伝えといてよ。少しは加減しろって、魔法医が言ってたって」

「………わかりました」

彼方は暗い声で答えた。

彼方が中庭に戻ると、バザムの前で女の冒険者が足を押さえていた。

「こ…………降参します」

女は足を引きずりながら、壁際に移動する。

彼方は、唇を真一文字に結んで、バザムに近づく。

「おっ、お前、戻ってきたのか」

バザムが嬉《うれ》しそうな顔をした。

「よし！　特別に失格を取り止めてやる」

「試験は失格で構いません」

彼方は抑揚のない声で言った。

「んっ？　なら、どうして戻ってきた？」

「僕もあなたと戦いたくなったんですよ。試験なんか関係なく」

彼方は両腕にはめていたネーデの腕輪を外して、魔法のポーチの中に入れる。

「おいっ！　マジックアイテムは使わないのか？」

「Bランク相手に使う必要なんてないですよ」

「…………あぁ？」

バザムはぎらりとした目で彼方を睨《にら》みつけた。

「今、何て言った？」

「あなた相手にマジックアイテムを使う必要はないって言ったんです」

彼方は近くに落ちていたロングソードを拾い上げる。

「それにあれを使ったら、あなたに大ケガをさせてしまうかもしれないし」

「…………ほう」

バザムの体が小刻みに震え出した。

「お前、覚悟はできてるんだろうな？」

「何の覚悟ですか？」

「一ヵ月以上、医務室のベッドの上で過ごす覚悟だよ」

片方の唇の端だけを吊り上げて、バザムは笑う。

「俺の本気を見せてやる！　かかってこいっ！」

「…………じゃあ」

彼方は両手でロングソードを握り締め、ゆっくりとバザムとの距離を縮めた。

彼方の瞳に片手でロングソードを構えるバザムの姿が映る。

――バザムの強さはスピードとパワーだ。オーガのような人間離れした力があるわけじゃないけど、あのスピードと組み合わせると危険な相手なのは間違いない。

彼方は間合いの一歩前で足を止めた。

バザムは両足を軽く開いて、腰を落とす。

「やっぱりお前は戦闘慣れしてるな。異界で戦士でもやってたか？」

「いいえ。僕のいた異界の国は平和でしたから、まともな戦闘なんて、やったことはありません」

「………ふーん。なら、異界の神の恩恵でも受けたか。たまにいるらしいな。異界人の中には、特別な武器やアイテム、能力を持った奴がな」

「まあ、そんなところです」

彼方は言葉を濁した。

「でも、安心してください。その力を使う気はありませんから」

「俺程度には、か？」

「その通りです。あなたは自覚したほうがいい。上には上がいるってことを」

「そんなことはわかってるさ。Ｓランクの冒険者は化け物揃《ぞろ》いだからな。だが、お前はＳランクじゃねぇ」

バザムは大きく右足を前に出し、ロングソードを振った。アグの樹液に包まれた刃先が彼方の頭部を狙う。彼方はその攻撃を自身のロングソードで受けた。彼方の体が数センチ横に移動する。

――やっぱり、パワーがあるな。武器を弾き飛ばされないように注意しないと。

彼方はロングソードの柄《つか》をしっかりと握り締める。

「おらおらっ！」

バザムはロングソードを振り回しながら、彼方との距離を縮める。

彼方は後ずさりしながら、バザムの攻撃を受け続ける。

「どうした？　受けるばかりじゃ、俺を倒せないぞっ！」

バザムは右膝を曲げて低い体勢から彼方の足を狙う。その動きを予測していたかのように彼方は左足を引く。

「これで終わりじゃねぇ！」

バザムは右膝を一気に伸ばして、マジックアイテムのブーツで地面を蹴る。砂煙があがり、一瞬で彼方の側面にバザムが移動した。斜めに振り下ろされたロングソードを、彼方は地面を転がりながらかわす。

「ちっ！」と舌打ちをして、バザムは呼吸を整える。

「お前も猫耳と同じで逃げまくるタイプか？」

「一応、念を入れただけですよ」

バザムから視線をそらさずに彼方はゆっくりと立ち上がった。

「でも、これくらいでいいかな」

「何がいいんだ？」

「あなたの底が見えたってことです」

彼方は冷静な声で言った。

「あなたは僕よりスピードもパワーもある。でも、強いのは僕です」

「…………ほう。面白いことを言うな。じゃあ、それを証明してもらおうか」

バザムはじりじりと彼方に近づく。

「俺は何度も死線をくぐり抜けてきたんだ。数分間、俺と戦っただけで俺の底が見えただと？　バカな奴め」

「バレてますよ」

「はっ？　何を言ってる？」

「右足のブーツですよ。さりげなく足の甲の部分に砂を乗せてますよね。それを僕にかけて奇襲するつもりなんでしょ」

彼方の言葉にバザムの頬がぴくりと動いた。

「どうして気づいた？」

「足の動きが、さっきとは違います。それに、あなたの性格からも、ある程度予想はできましたから。こういうことをやるタイプだってね」

「ちっ！　バレたのならしょうがねぇな。素直に力押しでいくか」

バザムは一気に彼方に近づく。

彼方は右手でロングソードを構え、左手のこぶしを振った。

「舐めるなっ！」

バザムは左手の攻撃を無視して、さらに突っ込む。その程度の攻撃は無視して構わないと考えたのだろう。

その時、彼方の左手が開き、砂がバザムの目に入った。

「がっ……………つっ！」

一瞬、バザムの視界が奪われる。

彼方は低い姿勢から、ロングソードでバザムの足のすねを叩いた。

ゴンと強い音がして、バザムの体が横倒しになる。

「ぐっ…………くそっ！」

バザムは苦痛に顔を歪めながら、慌てて立ち上がる。

「てめぇ、いつの間に砂を？」

「さっきあなたの攻撃を転がって避けた時ですよ」

彼方は淡々とバザムの質問に答えた。

「卑怯《ひきょう》……なんて言いませんよね？」

「……殺してやる！」

バザムはぎりぎりと歯を鳴らして、彼方を睨みつけた。

「どうなってるんだ？」

中庭の壁際にいたFランクの冒険者たちが騒ぎ出した。

「あいつ……俺たちと同じFランクなんだよな？」

「え、ええ。茶色のプレートをベルトにはめ込んでるし」

女の冒険者が答える。

「だけど、あいつ、Bランクの試験官と互角に戦ってるぜ」

「いや、互角どころか、あいつのほうが強くないか？」

その言葉は、彼方と戦っているバザムの耳に届いた。

バザムの顔が怒りで赤くなる。

「お前……もう、終わりだぞ」

バザムの持つロングソードの柄が、みしりと音を立てた。

「アグの樹液に包まれたロングソードでも人は殺せる」

「でしょうね」

彼方は冷静な声で同意する。

「お互いに気をつけたほうがいいかもしれません」

「後悔するなよ」

バザムは軽く左足を前に出し、姿勢を低くする。

彼方はロングソードを上段に構えて、浅く呼吸を繰り返す。

――あの姿勢からだと、マジックアイテムのブーツで一気に攻撃を仕掛けるつもりかな。視線は真っ直ぐに僕を見てるけど、まだ攻撃しないってことは、少し迷ってるようだ。右足のつま先の向きから、左に動く可能性が高いか。

数十秒の時間が過ぎる。

――相当、慎重になってるな。まあ、これ以上、Fランクの僕に恥をかかされるのはプライドが許さないってところか。となると、一撃で倒すことより手か足を狙ってくるか。

バザムが深く息を吸い込んだ。

――来るな。

バザムは右足を強く蹴って、一気に彼方の左に移動した。体を捻り、ロングソードを真横に振る。

彼方は一歩下がって、その攻撃を避ける。ブンと大きな音がして彼方の前髪が揺れる。

「ここからだっ！」

バザムは体を回転させて、今度は斜めにロングソードを振り下ろす。彼方はロングソードの先端の部分に手を添えて、バザムの攻撃を受けた。バザムはロングソードを滑らせるようにして彼方の左手の指先を狙う。

――手を狙ってきたか。

彼方は素早く左手を刃から離し、ロングソードでバザムの首筋を狙う。

「遅ぇよ！」

バザムは彼方の攻撃を余裕でかわし、今度は彼方の足を狙う。

彼方はその動きも予想していた。左足を引くと同時にロングソードを突く。

「無駄だっ！」と叫びながら、バザムは右足で地面を蹴る。高速の蹴りが彼方の腕を狙う。

彼方はぐっと膝を曲げて、バザムの蹴りを避けた。黒い髪の毛が数本、引き千切られる。

下がろうとした彼方のバランスが崩れた。バザムの青い瞳がぎらりと輝く。

「これで終わりだっ！」

バザムはロングソードを彼方の頭めがけて振り下ろす。しかし、彼方はその動きさえも予想していた。わざとバランスを崩した体を戻し、振り下ろされるロングソードに向かって、自らのロングソードを叩きつける。彼方のロングソードが跳ね返り、バザムの側頭部に当たる。

ゴンと大きな音がして、バザムの動きが止まった。

彼方はバザムの右腕めがけてロングソードを振り下ろす。ボキリと骨の折れる音がして、バザムの顔が歪んだ。

「ぐあああああっ！」

バザムはロングソードを地面に落として、右腕を左手で押さえる。

「ぐっ………て、てめぇ、わざと隙を見せたな？」

「ええ。まずかったですか？」

彼方はロングソードの先端をバザムの顔に向ける。

「ミケと戦う時にあなたもやってたから、問題ないと思って」

「…………く、くそっ」

「で、どうするんですか?」

「ど、どうする?」

「降参するのか、しないのか、ですよ」

彼方は凍りつくような視線をバザムに向ける。

「たしか、降参の宣言が遅くて、あなたに攻撃を続けられた冒険者がいましたよね?」

「あ…………」

バザムの顔が蒼白《そうはく》になる。

「宣言がないってことは、続けるってことかな」

彼方はゆっくりとロングソードを振り上げた。

「こっ、降参だ！　降参する！」

バザムは悲鳴のような声をあげて、両膝を地面につけた。

数時間後、彼方はミケを背負って、オレンジ色の夕陽に染まる町の中を歩いていた。

「…………にゃ」

背中から、ミケの声が聞こえてきた。

「あ、起きたみたいだね」

「ここは………どこにゃ？」

「西地区の裏通りだよ」

彼方は優しい声でミケの質問に答える。

「もうすぐ裏路地の三角亭に着くよ。残念会しようと思ってさ」

「残念会？」

「うん。僕がいた世界では、試験に失敗した時にも、飲んだり食べたりすることがあるんだ。次は頑張ろうってね」

「………にゃあ」

ミケは頭に生えた猫の耳を彼方のうなじに押しつける。

「彼方………ごめんにゃあ」

「ん？　ごめんって？」

「ミケのせいで彼方もEランクになれなかったにゃ」

「何言ってるんだよ。ミケらしくないなぁ」

彼方の頬が緩んだ。

「昇級試験は、また来月受ければいいよ。それにFランクだって仕事はあるから」

「………そうだにゃ。次はがんばるにゃ」

「うん。今日は僕のおごりでいいから。ミケの好きな黒毛牛のステーキも食べていいよ」

「にゃっ！　黒毛牛かにゃ」

ミケの紫色の瞳が輝いた。

「本当におごってくれるのかにゃ？」

「ただし、黒毛牛は二切れまでかな。あとはチャモ鳥のクリーム煮と………」

「ポク芋のバター焼きも食べたいにゃ」

「じゃあ、それと食後にタピの実のミルクティーを頼もう」

「にゃあああ！　すごいごちそうにゃあ」

ミケのしっぽがぱたぱたと動き、彼方の太股に当たる。

「彼方といっしょのパーティーになれて、よかったのにゃ」

「僕もそう思ってるよ」

「彼方もかにゃ？」

ミケは不思議そうな顔をした。

「でも、ミケは強くないにゃ。彼方なら、もっと強いパーティーに入れるはずにゃ」

「僕にとっては強さよりも信頼できる仲間のほうがいいんだ」

「信頼かにゃ？」

「うん。同じパーティーの仲間が信頼できないと気が休まらないから。でもミケなら、僕を裏切ることなんてないし」

「うむにゃ。ミケは彼方のことが大好きだからにゃ。しっぽだって触らせてるのにゃ」

「う、うん。たしかに何度か触ったかな」

「もしかしたら、ミケのお腹に彼方の赤ちゃんができてるかもしれないのにゃ」

「できないよ！」

背負ったミケに向かって、彼方は突っ込みを入れた。

十分後、Y字路の真ん中に建てられた三角形の店が見えた。扉の前の看板には『裏路地の三角亭』と書かれている。

彼方が扉を開けると、カウンターの奥から獣人の店主――ポタンが現れた。ポタンの外見は後ろ脚だけで立っている黒猫で、白いエプロンを身につけていた。

ポタンは金色の瞳でミケを背負った彼方を見つめる。

「どうした？　ミケがケガでもしたのか？」

「うん。でも、魔法医に回復呪文をかけてもらったから、もう大丈夫みたいだ」

「うむにゃ。ミケは元気にゃ！」

ミケは彼方の背中から飛び降りると、丸テーブルの近くにある木製のイスに腰をかける。

「マスター、今日は彼方がおごってくれるのにゃ」

「ほう。何かいいことでもあったのか？」

「残念会なのにゃ」

「残念会？」

「次はがんがるための会にゃ」

「何だそりゃ」

ポタンは首をかしげる。

「とりあえず、野苺《のいちご》のソーダを二杯もってくるにゃ。まずは乾杯にゃ」

「注文してくれるのなら、何だっていいがな」

ポタンは金属製の大きな箱を開けて、ソーダ水の入った樽《たる》を取り出す。

「よろしくお願いします」

彼方はポタンに頭を下げてイスに座る。

ポタンがシュワシュワと音を立てる野苺のソーダをテーブルの上に置いた。

「それで料理は何にする？」

「黒毛牛のステーキを四切れとチャモ鳥のクリーム煮、ポク芋のバター焼きを」

「バターはたっぷりで頼むにゃあ」

ミケがポタンに注文をつける。

「それと食後にタピの実のミルクティーを」

その時、扉が開いて、十代後半ぐらいの女が店内に入ってきた。

女はセミロングの黒髪で、金の刺繍《ししゅう》の入った白い服を着ていた。手足は細く、右手の人差し指に不思議な模様が刻まれた指輪をしている。

――見たことのない女の人だ。新規のお客さんかな。

「あ、あのぉ………」

女はぷっくりとした唇を開いた。

「ここに氷室彼方さんって名前の冒険者はいらっしゃいますか？」

突然、自分の名前を呼ばれて、彼方の目が丸くなった。

「あなたは誰ですか？」

「私はケンラ村で薬師をしているミームと申します」

女――ミームは彼方をじっと見つめる。

「あなたが氷室彼方さんですか？」

彼方がうなずくと、ミームの表情がぱっと明るくなった。

「よかった。この店に彼方さんがよくいるって情報は間違ってなかったんですね」

「そんな情報、どこで聞いたんですか？」

「西地区の広場にいる老人の情報屋からです。小さな情報を小銭で売ってるみたいですね。と、そんなことより彼方さんに聞きたいことがあるんです」

「聞きたいことって？」

「今日、Bランクの試験官に模擬戦で勝ったのは彼方さんですよね？」

「…………ええ」

数秒間の沈黙の後、彼方は首を縦に動かした。

「まぐれ勝ちってやつですよ。試験官は油断もしてたし」

「冒険者ギルドにいた人たちもそう言ってました。でも、私は違う気がするんです」

「どうして、そう思うんです？」

「私、その試験官を見たんです。呆然とした顔でふらふらとギルドの一階の廊下を歩いてました。あれは心が折れた人の顔です。まぐれで負けて悔しがってる様子もありませんでしたし」

ミームは木製のテーブルに両手をつけて、ぐっと彼方に顔を近づける。

「だから、彼方さんはBランク以上の冒険者だと私は確信してるんです」

「………僕に何か頼み事があるんですね？」

「はい。実は………」

「おいっ！」とポタンがミームに声をかけた。

「話すのは構わないが、せめて、飲み物ぐらい注文してくれ。こっちは商売でやってるんでな」

「あっ、すみません。じゃあ、赤ワインをお願いします」

ミームがポタンに向かって、深々と頭を下げた。


テーブルを挟んで、彼方の前のイスに座ったミームは、真剣な表情で話を始めた。

「私の住んでいるケンラ村は、ここから北東の位置にあります。村人は近くの森で狩猟や木こりをやって暮らしてるんです。私も森に生えてる薬草を使って回復薬を作っていました。その森に危険なモンスターの集団が現れるようになったんです」

「モンスターの集団って、何体ぐらいですか？」

「………五体ぐらいだと思います。リーダーは人の言葉が理解できる上位のモンスターで魔法も使えるようです」

「魔法も………」

「あ、でも、強くはないんです」

「強くない？」

彼方が首をかしげた。

「どうして、強くないってわかるんですか？」

「………実は、前にCランクの冒険者のパーティーにモンスター退治を依頼したんです。でも、その時はモンスターが隠れて出てこなかったんです。で、村から冒険者がいなくなったら、また、現れて………」

テーブルの上に置かれた赤ワインを、ミームは一口飲んだ。

「もし、強いモンスターなら、冒険者と戦うことを選ぶでしょう。でも、彼らはそれをしなかった」

「だから、Fランクの僕に仕事を依頼したいんですね？」

「その通りです。モンスターを倒すまで村に滞在してもらうとなると、相当お金がかかります。Cランク以上の冒険者なら、一日金貨一枚は支払わなければなりません。数日で終わるならいいのですが、何十日もとなると厳しくて」

ミームは胸元から、小さな革袋を取り出し、テーブルの上に置いた。

「この中に金貨が五枚入ってます。これで………十五日、村に滞在していただけませんか？　そして、その間にモンスターを退治してもらいたいんです」

「十五日以内か………」

「多分、彼方さんひとりなら、モンスターも油断すると思うんです。彼方さんは魔力もないみたいなので」

「………なるほど」

彼方は腕を組んで考え込む。

――金貨五枚ってことは、約五十万円ってところか。

「もちろん、早くモンスターを倒していただいても、そのお金は全額支払います」

「ケンラ村までの距離はどのくらいですか？」

「東門の前に馬車を用意しますので、一日で到着すると思います」

「一日か…………」

「お願いします！」

ミームは瞳を潤ませて、イスから立ち上がる。

「危険な仕事ですし、報酬もすごく多いわけではありません。でも、先払いでお金は渡しますし、冒険者ギルドを通さない仕事だから、手数料が取られることもないんです。どうか、私たちの村を助けてください！」

数十秒悩んで、彼方は口を開く。

「わかりました。明日の午後に東門の前で待ち合わせをしましょう」

「ありがとうございます！　彼方さん」

ミームは彼方に歩み寄り、その手をぎゅっと握り締めた。


次の日の午後、彼方はひとりで王都の東門に向かった。

東門は彼方がよく使っている西門と違い、門の外には大きな川が流れていた。川には橋がかかっていて、その先に広葉樹の林が見える。

視線を動かすと、馬車が集まっている広場でミームが手を振っているのが見えた。

彼方はミームに歩み寄る。

「お待たせしましたか？」

「いえ、問題ありません。それでは馬車にどうぞ」

彼方は二頭立ての馬車の中に入る。

馬車は屋根つきで、中央にテーブルが設置されていた。彼方とミームが対面でイスに座ると、すぐに馬車が動き出す。どうやらミームが行き先を指示していたようだ。

馬車は緩やかにカーブした街道をカラカラと音を立てて進む。小窓からは緑の絨毯《じゅうたん》のような草原が見えた。

ミームはテーブルの上に置いてあった水筒を手にして、木のコップに中の液体を注いだ。甘い香りが馬車の中に漂う。

「ラグの実のお茶にはちみつを入れてます。ケンラ村まで時間がかかりますから、ゆったりされてください」

「ありがとうございます」

彼方は木のコップを受け取る。

「…………もしかして、僕が甘い物が好きな情報も、情報屋から聞いたんですか？」

「あ、はい。よく屋台で甘い物を食べてるって」

ミームは微笑みながら答える。

「でも、戦闘に関しては、曖昧な情報しか聞けませんでした。魔力がゼロなのに呪文が使えるというウワサもあって」

「呪文のようなものが使えるのは事実です」

彼方はコップをテーブルの上に置いて、意識を集中させる。

彼方の周囲に三百枚のカードが出現した。

アイテムカード
生きている短剣
★★★ (3)
闇属性の短剣。千人の死刑囚の肉と骨から造られた短剣。傷つけられた者は強い痛みを感じる

具現化時間：1日

再使用時間：7日

レアリティ：シルバー

彼方の手に不気味な短剣が出現した。

刃は肉色で青紫色の血管のようなものが無数に浮き出ている。

「これは武器を具現化する呪文みたいなものです」

「……………すごいですね」

ミームのノドがうねるように動いた。

「この短剣、マジックアイテムなんですか？」

「はい。攻撃力がアップするわけじゃないんですが、ちょっとでも傷つけることができたら、相手は激痛を感じるんです。実は前に自分で試したことがあって」

「えっ？　自分を傷つけたんですか？」

「ええ。どの程度の効果があるのか知りたくて、指先をちょっとだけ傷つけたら、めちゃくちゃ痛くて、すぐに後悔しましたよ」

彼方は恥ずかしそうに笑う。

「この能力をずっと隠しておくことはできないし、そのうち情報も漏れるでしょうね。それとザルドゥを倒したことも」

「ザルドゥさ……………を倒した？」

「ご存じでしょ？」

「い、いえ。そんな情報は聞いてません」

ミームは驚いた顔で首を左右に振る。

「彼方さん、ザルドゥを倒したんですか？」

「倒しましたよ。あなたの目の前でね」

「…………はっ？」

「もう、演技の必要はないってことですよ。ミームさん…………いや、ミュリック」

その言葉にミームの顔が強張った。

「ミュ…………ミュリック？」

「サキュバスって、人間に化ける能力があるのかな。それとも、君だけの特別な力？」

「…………どうして、気づいたの？」

ミーム――ミュリックは悔しそうな顔をして、彼方を睨みつける。

「昨日、会った時から違和感があってさ。君が依頼内容を説明してる時に、その場で考えてるような答えがあったから。それで君の仕草や口調をチェックしてたんだ」

「仕草や口調？」

「そう。外見や声を変えても仕草や口調を変えるのは難しいからね。呼吸数やまばたきの数も人の平均よりだいぶ少ないし。で、その数が昔会ったミュリックと同じだったから」

彼方は淡々と言葉を続ける。

「君が店から出ていった後、情報屋にも確認したよ。ケンラ村にミームって薬師がいるか調べられるかって。そしたら、朝に連絡があったよ。そんな名前の薬師はケンラ村にいないと」

「わざわざ調べたってわけ」

「念のためだよ。さっきも、『ザルドゥ様』って言おうとしてたみたいだし、それ以前に、このお茶にも毒が入ってるんだろ？」

その時、ミュリックが動いた。

体を捻って、馬車の扉を開けようと左手を伸ばす。

その手に向かって、彼方は生きている短剣を突き刺した。

「あああああっ！」

ミュリックは悲鳴をあげて、傷口を押さえる。

ミュリックの黒い髪の毛が濃いピンク色に変化し、頭部の左右に雄牛のような角が現れた。

「ほら、すごく痛いだろ？　歯の神経を針で突かれてるような痛みだよね」

「ぐっ………くうっ………」

ミュリックの紫色の瞳が充血する。

「どっ、どうして、こんなこと…………。私が敵だってわかってたら、この馬車に乗る必要もなかったのに」

「うん。その選択もあったよ。そしてこの場で君を殺す選択もある」

「あ…………」

ミュリックの顔が青ざめる。

「そんなに怯《おび》えなくていいよ。殺す以外の選択肢もあるから」

「殺す以外？」

「うん。言い方は悪いけど、君には僕の奴隷になってもらおうと思ってさ」

彼方は生きている短剣の先端をミュリックのノドに向けた。

「ど、奴隷？」

ミュリックが色を失った唇を動かす。

「うん。この世界にはそういう制度が残ってるみたいだね」

彼方は魔法のポーチに手を入れて金色の首輪を取り出した。金色の首輪にはびっしりと翻訳されない文字が刻み込まれていた。

「この首輪は特別製で高かったんだ。君からもらった金貨五枚じゃ足りなくて、残りはつけにしてもらったよ。普通はつけなんて無理みたいだけど、魔法のアイテム屋の店主が僕を買ってくれてるんで、なんとかなってさ」

「…………特別製って何？」

「人だけでなく、モンスターも制御できる首輪らしいよ」

生きている短剣の刃で、彼方は金色の首輪を軽く叩く。

甲高い金属音が馬車の中に響いた。

「契約をするには奴隷の意思が重要だってさ。自らの意思で首輪をはめないといけないとか」

「そんなこと、私がすると思うの？」

ミュリックが彼方を睨みつける。

「この私が下等な人間の奴隷になるなんてありえない」

「それはここで死ぬほうがいいってことかな？」

「え…………？」

ミュリックがぱちぱちとまぶたを動かす。

「私を殺す気なの？」

「文句は言えないだろ？　君のほうが先に僕を殺そうとしたんだし」

彼方はラグの実のお茶が入った木のコップをちらりと見る。

「それにここで君を逃がしたら、また、僕の命を狙ってくるよね？」

「…………それは」

ミュリックの目が泳ぐ。

「…………わかった。もう、あなたを狙わないから」

「ウソだね」

彼方はミュリックの目を見て断言した。

「この場さえ乗り切ればなんとかなるって考えてるのがわかるよ」

「そんなこと………思ってないし」

「無駄だよ。君の反応はわかりやすい。今だってウソがばれないように僕から視線を微妙にそらしてる」

「うっ………」

ミュリックの頬がぴくぴくと痙攣《けいれん》した。

「それで君を使って僕を殺そうとしたのは誰かな？」

「………」

「あ、ネフユータスか」

「どっ、どうしてわかったの？」

「鎌をかけただけさ。一番、可能性が高そうだったし」

彼方はテーブルに身を乗り出し、ミュリックに顔を近づける。

「で、どうする？　僕の奴隷になるぐらいなら死ぬって言うのなら、ここで殺すけど」

「それは………」

「別に悩む必要はないと思うけどな。君にとっては主人が変わるだけだろ？」

「主人？」

「そう。ネフユータスに仕えるか、僕に仕えるか。それだけだよ」

「ネフユータス様より、人間のあなたを選べって言いたいの？」

「何か問題あるかな」

「あるに決まってるでしょ！」

ミュリックはピンク色の眉を吊り上げる。

「ネフュータス様はね、とんでもない魔力を持ってるの。Sランクの冒険者だって何人も殺されてる。それに十万体のモンスターを率いてるんだから」

「でも、ザルドゥより弱いんだろ？」

「当たり前でしょ。ザルドゥ様は別格の存在だし」

「そのザルドゥを倒したのが僕だけど」

「あ…………」

ミュリックは、ぽかんと口を開ける。

「…………い、いや、だけど、お前は人間で」

「種族は関係ないだろ。強いか弱いかが重要なんだから」

「ネフュータス様より強いって言いたいの？」

「断言はできないけどね」

彼方は左手で金色の首輪を手に取り、ミュリックに差し出す。

「そろそろ決めてもらえるかな？　この場で死ぬか、僕の奴隷になるかをさ。ちなみに死ぬほうを選んだら、この短剣を使うことになるから、すごく痛いと思うよ」

「うっ…………」

ミュリックの額から冷たい汗が流れ落ちた。

自ら金色の首輪をはめたミュリックを見て、彼方は満足げにうなずいた。

「これで僕たちは一蓮托生《いちれんたくしょう》だね」

「いちれん？　どういう意味？」

ミュリックが眉間にしわを寄せて、彼方に質問する。

「その首輪は特別製って言っただろ。主人が特別な言葉で奴隷を従わせる以外に主人である僕が死ぬと、首輪の仕掛けが発動して奴隷の首が切れるんだって」

「くっ、首っ？」

「その反応だと、君は首を切られたら死ぬみたいだね。キメラみたいな体質だったら、意味がないなって思ってたけど、よかったよ」

「全然よくないから」

「まあ、僕が死ななければ君も大丈夫なんだし、いっしょに長生きしよう！」

「…………はぁ」

ミュリックは額に手を当てて、深くため息をついた。

「それで私に何をさせたいの？」

「とりあえず、馬車の行き先を王都にしてもらおうかな。ケンラ村に用事はなくなったし」

「…………わかった」

ミュリックは小窓を開けて、御者に指示を出す。

「で、他には？」

「四天王の情報を教えてくれるかな？　特にネフユータスの」

「そりゃあ、この状況なら知ってることは何でも話すけど」

「王都に戻るまでの時間に、それを教えてもらうとして、他にも頼みたいことがあるんだ」

「…………ああ、そういうことね。わかった」

突然、ミュリックは服を脱ぎ始めた。陶器のような滑らかな肌と膨らんだ胸元が見える。

「ちょっ！　何やってるの？」

「え？　私を抱くんじゃないの？　サキュバスとのプレイを楽しみたいんでしょ」

「違うよ！」

彼方は顔を赤くして、ぶんぶんと首を左右に振った。

「あなた、変わってるのね」

ミュリックは不思議そうな顔をして服を着る。

「じゃあ、何を私に頼みたいの？」

「人を捜してもらいたいんだ。僕と同じ異界人のね。多分、この世界に転移してると思うから」

「もしかして、あなたの女？」

「女の子だけど、僕の女ってわけじゃないな。名前は七原《ななはら》香鈴《かりん》。年齢は十六歳で髪は黒。瞳の色も黒かな」

彼方は香鈴の情報をミュリックに伝えた。

「君は人間に化けることもできるし、空を飛ぶこともできる。頭もほどほどに良くて、ちょっと抜けてるけど、計算高いところもある」

「ちょっと抜けてるって何よ？」

「まあまあ。とにかく七原さんを捜しててくれると助かるんだ。君だって、ネフュータスを暗殺してこいなんて言われるよりいいだろ?」

「それは…………そうだけど」

ミュリックは口元に手を当てて考え込む。

「…………わかった。どっちにしても、あなたの命令に逆らうことはできないし」

「よろしく頼むよ」

「それより、あなたのほうこそ、大丈夫なの? 私があなたの暗殺に失敗したってわかったら、ネフュータスは次の手を考えてくると思う。それに他の四天王にも注意したほうがいいから。特にガラドスはザルドゥ様を殺したあなたに強い敵意を持ってるし」

「注意はするよ。ただ、僕の体は普通の人間と同じだからね。毒を飲めば死ぬし、心臓を刺されても死ぬ。それどころか、ちょっとした出血でも死ぬかもしれない」

「何か対策はないの?」

「事前に襲撃がわかってれば、まず、殺されることはないかな。ただ、奇襲されると面倒だね」

彼方は眉間にしわを寄せる。

――この世界に転移してから、命がけの戦闘を何度も繰り返してきた。それなりに強くなったと思ってるけど、もっと近接戦闘を鍛えたほうがいいか。

「ねぇ…………」

ミュリックが彼方の手に触れた。

「本当にしなくていいの? 何ならもっと幼い感じの少女に化けることもできるけど」

「幼い？　何で、そんなこと言うんだよ？」

「いや、情報屋が氷室彼方は少女趣味かもしれないって言ってたから。多分、あの猫耳のハーフとパーティーを組んでるせいだと思う」

「………その情報、どうやったら訂正できるの？」

彼方の頬がぴくぴくと痙攣した。

◇

五日後、西地区の外れにある『ユリエス流魔法戦士訓練学校』の訓練場で、彼方は床掃除をしていた。

固く絞った雑巾で、丁寧に木の床を拭いていく。窓から差し込む夕陽が磨かれた廊下に反射し、彼方の白い頬を照らしている。

訓練場は縦横二十五メートル程の広さがあり、天井も五メートル以上の高さがあった。既に生徒たちの訓練は終わっていて、彼方以外に人の姿はない。

広い床を全て拭き終え、彼方は額に浮かんだ汗を手の甲で拭った。

「とりあえず、これで仕事は終わりか」

——日本の道場と違って、土足で訓練してるから、掃除はそれなりに大変だな。

「おーっ、ごくろうさん」

突然、訓練場の入り口から、男の声が聞こえてきた。

振り返ると、そこには生徒のカールとダニエルがいた。

二人は十代後半で髪は金色、背が高くどちらも貴族の家系だった。声をかけたカールがにやにやと笑いながら彼方に歩み寄る。

「あいかわらず、お前は真面目だなー。掃除の仕事をここまで真剣にやる奴は初めて見たぞ」

「仕事の合間に訓練を見学させてもらってるからね。感謝の気持ちもあるんだ」

彼方はにっこりと笑う。

「みんなの戦い方はすごく勉強になるよ」

「ほーう。俺たちの戦い方が勉強になるのか」

カールは彼方のベルトにはめ込まれた茶色のプレートを指差す。

「お前、Ｆランクだよな。それに魔力もない」

「魔力のこともわかるんだ？」

「そりゃあ、俺たちは魔法戦士を目指してるからな。相手の魔力の量ぐらいは予想できる」

カールの隣にいたダニエルがうんうんとうなずく。

「ねぇ、君は無駄なことをしてるってわかってるのかな？」

「無駄なこと？」

「うん。ここはね、あのＳランクの冒険者ユリエス様が魔法戦士を育てるために作った学校なんだ。つまり、呪文を使うことを想定した訓練をしてるってこと」

「それはわかってるよ」

彼方は足元に置いてあったバケツに雑巾を入れる。

「なら、魔法が使えない君は剣士の戦い方を勉強したほうがいいんじゃないかな」

「ダニエルの言う通りだ」

カールがダニエルの意見に同意する。

「戦闘が苦手なお前のために教えてやるよ。魔法戦士と剣士の戦い方はまったく違うのさ。剣士は素早く相手に近づき、武器を使って戦う。だが、魔法戦士は相手に合わせて、近距離でも遠距離でも戦えるからな」

「だから、この学校では防御に力を入れてるんだね」

「ああ。魔法戦士は攻めよりも守りこそが大事なんだ」

カールは彼方の肩をぽんと叩く。

「ただ、お前の場合は攻撃呪文も防御呪文も使えないからな。防御にこだわっても、じり貧になるだけだ。つまり、俺たちの訓練を見学してても無意味ってことさ」

「そうかもしれないね」

ふっと彼方は笑みを漏らす。

「ここで君たちの訓練を見せてもらって、防御の大切さがより理解できたよ。魔法戦士の強さもね」

「なら、俺と訓練してみないか」

「えっ？　君と？」

彼方はぱちぱちと目を動かす。

「そうさ。もちろん訓練だから、こっちは最弱の呪文しか撃たない。それがお前の体に当たれば、俺の勝ちだ」

「君たちがやってる訓練と同じだね」

「魔法が使えないお前は、当然、アグの樹液に包まれた武器で俺を攻撃して構わない。なんなら、普通の武器を使ってもいいぞ」

「うーん…………」

彼方は腕を組んで考え込む。

――この二人が訓練をしてるところは何度も見た。正直、強くはない。武器の扱いはDランクのレーネのほうが上だし、呪文攻撃だって時間がかかりすぎる。それに戦闘の癖もわかってるから、カードの力を使わなくても簡単に倒せる。

「…………いや、止めておくよ。公平な戦いじゃないし」

「あーっ、たしかにそうだな。そっちは魔力のないFランクだし」

彼方の言葉を誤解して、カールは笑った。

「なら、呪文は使わずに戦ってやろうか？」

「いいねーっ！」

ダニエルが唇の両端をにゅっと吊り上げる。

「それなら、君もカールに勝てるかもしれないよ。チャレンジしてみなよ」

「うーん…………」

彼方が困った顔で頭をかく。

「カールっ！」

凜《りん》とした女の声が訓練場に響いた。

声のした方向に視線を動かすと、オレンジ色の髪をしたポニーテールの女が立っていた。

女は年齢が二十代前半ぐらいで、銀の胸当てと金の刺繍を施した白い服を着ている。身長は女にしては高く、百七十センチ近くある。目は切れ長で、唇は薄く、左右の耳は僅かに尖《とが》っていた。

「ユ、ユリナ様」

カールが震える声で女の名前を口にした。

ユリナは早足でカールに近づくと、端整な唇を動かした。

「どうやら訓練が物足りなかったみたいだな。それなら私がお前の相手をしてやる」

「そっ、それは………」

「どうした？　本気でかかってきていいんだぞ」

「い、いや………」

カールの額から、だらだらと汗が流れ出す。

「これで彼方の気持ちがわかっただろ」

ユリナはカールの頭を軽く叩く。

「たとえ彼方が魔法を使えなくても、魔法戦士の戦い方を勉強するのは悪いことではないからな」

「すっ、すみません」

カールとダニエルはユリナに向かって頭を下げる。

「謝る相手が違うだろ？」

ユリナがそう言うと、二人は彼方にも謝罪した。

「気にしないでください」

彼方はユリナたちに笑顔で対応する。

——カールとダニエルもSランクの冒険者ユリエスの一人娘のユリナさんには、頭が上がらないか。まあ、ユリナさんは冒険者ギルドにも登録しててAランクだからな。それにこの学校の師範代だし。

彼方はユリナを見つめる。

——ユリナさんは間違いなく強い。今まで戦った、暗器のリムエル、魔法戦士のイリュート、剣士のバザムより、一ランク上の強さがある。訓練だから本気の呪文は見てないけど、話を聞く限り、相当強い複数の属性の呪文が使えるらしい。

——多分、カードの力を使わずに初見で戦ったら、僕が負けるだろうな。

その時、何かの気配を感じて、彼方の体がぴくりと反応した。素早く視線を動かすと、訓練場の入り口に白銀の鎧を着た体格のいい男が立っていることに気づいた。

男はオレンジ色の髪をしていて、耳はユリナと同じで僅かに尖っていた。背は百八十センチ近くあり、腰にはマジックアイテムらしきロングソードを提げている。

——この人………とんでもなく強い。ユリナさん以上だ。もしかして………。

「父上っ！」

ユリナが笑顔で男に駆け寄った。

——やっぱり、この人がヨムの国に八人しかいないSランクの冒険者、魔法戦士のユリエスか。

彼方の両手が自然にこぶしの形に変化した。

「よぉ、元気でやってたか？　我が娘よ」

男――ユリエスは白い歯を見せて、ユリナを抱き締める。

「父上もお元気そうで何よりです。ドラゴンゾンビ退治の仕事は終わったのですか？」

「……まあな。そっちは銀狼《ぎんろう》騎士団の奴らが手伝ってくれたから、楽に倒せたが」

「んっ？　何か他に問題が？」

「ああ。ガリアの森でいろいろとな」

ユリエスはオレンジ色の太い眉を中央に寄せる。

「その件は国王に報告しておいた。と、それよりこいつらは新入りか？」

ユリエスの視線が彼方、カール、ダニエルに向けられる。

「カールとダニエルは一ヵ月前に入学した生徒です。彼方は学校の雑用をしてもらうために短期間ですが雇った冒険者ですね」

「おーっ、そうか」

ユリエスは彼方をちらりと見た後、カールとダニエルに歩み寄った。

そして、二人の肩をぽんぽんと叩く。

「未来の魔法戦士か。うちの娘の訓練は厳しいが頑張れよ！」

「は、はいっ！」

カールとダニエルが背筋をぴんと伸ばして返事をする。

「お会いできて光栄です。ユリエス様は俺の憧れの存在です！」

カールが尊敬の眼差しでユリエスを見つめる。

「そんなに緊張するな。Ｓランクといっても普通の人間だ。いや、少しエルフの血も入ってるか」

ユリエスは壁に掛けられていた訓練用のロングソードを手に取る。

「そうそう、ユリナ。魔法医は、まだ学校に残ってるか？」

「はい。訓練でケガをした生徒の治療をやってますから」

「……………そうか」

突然、ユリエスが動いた。

ぐっと体を低くして彼方に近づき、アグの樹液に包まれたロングソードを斜め下から振り上げる。

彼方はその動きを予想していた。ネーデの腕輪を装備してないことを後悔しながら、腰に提げた短剣を引き抜き、ロングソードの攻撃を受ける。彼方の短剣が飛ばされ、木の壁に突き刺さる。

彼方は呆然と立っていたダニエルの背後に回り込み、腰に提げていた短剣を引き抜く。

「ごめん、借りるよ」

そう言って、彼方は短剣を構える。

「僕はここの生徒じゃないんですけど？」

「ああ、わかってるさ」

ユリエスは笑みを浮かべたまま、彼方に突っ込んでくる。ロングソードを振り上げると同時に右足で彼方の胴体を蹴ろうとする。

彼方は肘でユリエスの蹴りを防御し、ロングソードの刃を短剣で受け流す。

さらにユリエスの攻撃は続いた。右足を前に出し、鋭い突きを放つ。その突きを彼方は上半身をそらしてかわし、追撃をさせないように短剣を斜めに振り下ろした。

ユリエスは一瞬だけ足を止めた後、左手を前に出す。

――呪文を撃つ気か！

彼方は右に移動すると見せかけて、素早く反転して左に逃げた。そのフェイントにユリエスは引っかからず、呪文ではなくロングソードで攻撃を続ける。

――呪文を使う気はなさそうだな。

彼方はユリエスの意図を読み、唇を強く結ぶ。

――これは本気の攻撃じゃない。僕の力を見るのが目的か。なら、わざと負ける手もあるか。

その時、彼方とユリエスの間に、ユリナが割って入った。

「父上っ！　何をやってるんですか？」

その隙に彼方はユリエスから距離を取る。

「いやぁ、すまんすまん」

ユリエスが頭をかいて、豪快に笑い出した。

「彼方……だったかな。お前は強いな。最初の攻撃で終わらせるつもりだったんだが」

「いえ。呪文を使われてたら、とっくにやられてました」

彼方はユリエスから視線を外さずに言った。

「どうして僕を試したんですか？」

「決まってるだろ。お前が強いからだ」

きっぱりとユリエスが答えた。

「お前は異界人か？」

「……………はい。三十日ぐらい前にこの世界に転移してきたんです」

「そうか。異界人の中には特別な力を持ってる者がいるからな」

「父上」

ユリナが不思議そうな顔で彼方を見る。

「彼方が特別な力を持ってると言うのですか？」

「そうだろ？」

ユリエスが彼方に問いかける。

「………はい」

彼方はこくりとうなずく。

「どうしてわかったんですか？」

「強い奴は気配や仕草でわかるのさ。それにお前の戦い方は何か切り札を持ってる動きだった。遠距離から俺を狙える何かがな」

ユリエスは鋭い視線を彼方に向ける。

「で、その切り札で俺に勝てると思うか？」

「………それは、わかりません」

彼方は言葉を濁した。

「わからないか。Sランクの冒険者相手にその答えとはな」

「ち、父上………」

ユリナが掠《かす》れた声を出した。

「彼方はそんなに強いのですか？」

「ああ。俺の見立てでは、お前より彼方のほうが強いぞ」

「はっ…………はぁっ？」

切れ長のユリナの目が大きく開いた。

「彼方が…………私より強い？」

ユリナのつぶやきにユリエスが首を縦に動かす。

「俺の見立て違いかもしれないがな」

「見立て違いですっ！」

ユリナはオレンジ色の眉を吊り上げる。

「たっ、たしかに彼方の動きは素晴らしかった。呪文を使わないとはいえ、父上の攻撃をしのぎきったのですから。しかし、彼方はＦランクで…………」

「プレートの色に騙《だま》されるな。お前だって注意深く観察すれば彼方の強さに気づいたはずだ。こいつには全く隙がないってな」

「彼方が…………」

数秒間、ユリナが沈黙すると、彼方が口を開く。

「ユリナさん。それは勘弁してください」

「えっ？　それ？」

「いや、僕に攻撃しようとしてましたよね？　『自分も試してやる』みたいな顔でしたよ。一瞬、僕の持ってる短剣にも視線を向けたし」

「あ…………」

ユリナは慌てて口元を押さえる。

「ははっ、これでお前も理解しただろ」

ユリエスがユリナの肩をポンと叩く。

「この世界は広い。見た目や身分で強さを判断してたら、命を失うことになるぞ」

「うっ…………」

ユリナが悔しそうに整った唇を噛む。

「さてと、彼方君」

ユリエスが彼方を君づけで呼んだ。

「君がうちで仕事をしてる理由は、魔法戦士の戦い方を勉強するためかな？」

「…………そうです」

彼方は素直に答える。

「仕事の合間に訓練を見学して構わないとのことだったので」

「そうか。で、勉強になったかな？」

「はい。近距離戦が得意な相手との戦い方や呪文攻撃への対処方法など、いろいろと参考になりました」

「それはよかった」

ユリエスは白い歯を見せた。

「しかし、不公平だと思わないかね？」

「不公平？」

「ああ。こっちは手の内を見せたのに、君は見せてくれないなんて………ね」

ユリエスの声が低くなり、周囲の空気がぐっと重くなった。

「どうだい？　少しは教えてくれてもいいんじゃないかな？」

「あぁ………」

彼方の頬がぴくぴくと動く。

――僕の能力は、召喚、呪文、アイテムの具現化だ。この能力は戦ってれば、いずれはバレる。ただ、その全容を把握するのは難しいはずだ。なんせ、カードは三百枚もあるし、異界人が持つ能力は一つと思われてるから。まあ、ある意味、僕の能力もゲームのカードを使えるという一つだけの能力になるか。

――どうせ、バレる情報なら、自分から公開しておくのも悪くない………か。それで信頼が取れることもあるし。カードの枚数とその効果、デメリットがバレなければ問題ない。

「………わかりました」

彼方は結んでいた唇を開いた。

「たしかに、いろいろ見学させてもらってるのに、自分の能力を隠すのはよくないですね」

そう言って、彼方は呆然としているダニエルに短剣を返す。

「ありがとう。助かったよ」

「あ、う、うん」

ダニエルは口を開いたまま、彼方を見つめる。

隣にいたカールも呆然とした顔で彼方を凝視していた。

彼方はダニエルから離れて、ユリエスに歩み寄る。

「それじゃあ、今からモンスターを召喚します」

「召喚っ？」

ユリナが驚きの声をあげた。

「お前は召喚呪文を使える魔力がないはずだ」

「魔力が必要ない召喚なんですよ」

「そんなもの、あるはずがない！」

「いや、あるんだろう」

ユリエスが言った。

「こんなことで彼方がウソをつく理由もないしな。とにかく見せてもらおうじゃないか。異界の召喚呪文とやらを」

「では……………」

彼方が意識を集中させると、三百枚のカードが現れた。

――このカードは、僕だけにしか見えない。この世界の魔法とは違うからだろうな。

そんなことを考えながら、彼方は一枚のカードを選択する。

召喚カード

ガラスのゴーレム　ゴレポン

★（1）

属性：地
攻撃力：100　体力：100
防御力：100　魔力：0
能力：ガラスのゴーレムを破壊した者の目を眩ませる
召喚時間：24時間
再使用時間：2日
レアリティ：ブロンズ

こいつ…………最弱のクリーチャーのくせに自分のことを強いと思ってるみたいだな
（冒険者タルート）

彼方の前に青いガラスでできたゴーレムが姿を見せた。

ガラスのゴーレム――ゴレポンは身長が二メートル近くあり、がっちりとした体格をしていた。

目は丸く鼻はなく、口は真一文字に広がっている。

「ゴゴゴゴゴーッ！」

ゴレポンは両腕を直角に曲げた。

「ついに……俺の力が……必要になったか」

「いや、今回は姿を見せてくれるだけでいいんだ」

「んっ？　それだけでいいのか？」

ゴレポンは首をかしげる。

「強い敵が現れたから……俺を召喚したのかと思ったぞ」

「まだ一度も召喚してなかったから、ちょうどいい機会だと思ってさ」

彼方はガラス製のゴレポンの腕に触れる。

――ゴレポンはゲームの中でも一番弱いクリーチャーで、あんまり役に立つことはなかった。ただ、ゆるキャラっぽい外見とキラキラした体で人気はあったんだよな。あえて使うプレイヤーもいたし。

ユリナが口を半開きにしたまま、ゴレポンを見つめる。

「ほ……………本当に召喚呪文が使えたのか」

「しかも詠唱なしにだ」

ユリエスの眉が中央に寄る。

「見事なものだな。これほどのレベルの召喚師だったとは。間違いなく、彼方はAランクの力があるぞ」

「まっ、待ってください！」

呆然としていたカールが半開きの口を動かした。

「たしかにこいつは召喚呪文を使えました。でも、召喚したのは弱そうなゴーレムです。ドラゴンでも上級のモンスターでもない。それなのにAランクなんですか？」

「Aランクだ。カール」

ユリエスの代わりにユリナが答えた。

「よく考えてみろ。彼方は父上の剣の攻撃をしのぐ戦闘技術があり、その上で詠唱なしにゴーレムを召喚できたのだ。それが、敵方にいたら、どんなに危険かわからないのか？」

「あ………」

「少しは理解したか。召喚師の倒し方は召喚されたモンスターではなく召喚師本人を狙うことだ。だが、彼方は剣士なみに近接戦闘もやれる。お前は、そこのゴーレムと彼方、両方同時に戦って勝てる自信があるのか?」

「そ、それは………」

「私は自分の間違いに気づいたぞ」

ユリナは彼方に近づき、悔しそうに唇を歪める。

「彼方、よくも騙してくれたな」

「えっ? 騙すって?」

彼方は目を丸くする。

「こんなに強いなんて、言わなかったじゃないか」

「いや、強いとか弱いとかの話は、もともとしてないし」

「それだけじゃないぞ。何だ、その茶色のプレートは?」

ユリナは彼方のベルトにはめ込まれたFランクのプレートを指差す。

「何故、お前がFランクなんだ? そのせいで私は恥をかいたんだぞ」

「それは僕に言われても困ります」

「とにかくだ。今から私と模擬戦をしてもらう」

「えっ? 仕事が終わったから、もう帰ろうと思ってたんですが」

「この状況で帰れると思ってるのか?」

「彼方くん、娘と戦ってやってくれ」

ユリエスが笑いながら、彼方に歩み寄った。

「ユリナにもAランクとしてのプライドがあるからな。それに君もAランクの魔法戦士と戦うのは勉強になるだろ？」

「それは…………そうですけど」

「よし！　やるぞ！」

ユリナは上唇を舌で舐めながら、彼方に訓練用のロングソードを渡す。

「今夜は寝かさないから、覚悟しておけよ、彼方」

「は、ははっ…………」

彼方の口から乾いた笑い声が漏れた。

第四章

翌日、彼方《かなた》は町外れにある宿屋のベッドに体を投げ出していた。

既に昼を過ぎていて、窓の外からは通りを歩く人々の喧噪《けんそう》が聞こえてくる。

――本当に朝まで模擬戦をやることになるとは……………。

彼方はまぶたを半分閉じた目で、あざができた左腕を見つめる。

――それにしても、さすがAランクのユリナさんだ。訓練を見てたから、戦いの癖は摑《つか》んでたけど、何度か戦ってるうちに修正かけてきたし。才能ある人間が長い時間、訓練を積めば、あそこまで強くなれるってことか。

「Sランクのユリエスさんは、もう一ランク強いんだろうな」

そうつぶやきながら、大きくあくびをする。

――とはいえ、魔神ザルドゥのほうが、はるかに強かった。あいつに勝てたのは運がよかったのもあるな。

彼方はぎゅっと両方のこぶしを握り締める。

――前の世界じゃ、本気で何かを学ぼうなんて考えてなかった。でも、この世界じゃ、生きるために、自分の大切な仲間を守るために、もっと強くならないと。

その時、簡易な扉のカギがかちゃりと開き、踊り子風の白い服を着た女が部屋に入ってきた。彼女はピンク色の髪を揺らして、彼方に歩み寄る。

そして、躊躇《ちゅうちょ》なく彼方のベッドに潜り込んだ。

「何やってるの？　ミュリック」

彼方は女の名前を口にした。

女――ミュリックは彼方に体を寄せて、ピンク色の舌を動かす。

「いや、報告があったから……」

「報告なら、ベッドに入らなくてもいいだろ？」

「でも、せっかくだし、ご主人様と仲良くなっておこうと思ってさ」

ミュリックが彼方の耳元に唇を寄せる。

「マジックアイテムの首輪のこともあるし、私も覚悟を決めたの。あなたといっしょに、この世界を手に入れるって」

「世界を手に入れる？」

「ええ。ザルドゥ様を倒したあなたなら、ジウス大陸を支配することができるでしょ？　とんでもなく強いモンスターを召喚してたし、あの魔法陣の呪文もあるし」

「できるかどうかは別にして、そんな気はないよ」

彼方は横たわったまま、右手でミュリックの体を押しのける。

「生きていくためにお金は欲しいし、住む家も手に入れたいけど、大陸の支配者になるつもりはないな」

「えっ？　どうして？」

不思議そうな顔をして、ミュリックは彼方に質問する。

「ジウス大陸の支配者になれば、一生お金に困らないし、豪華な城にだって住める。食べ物も女も山のように手に入るんだよ」

「その代わり、敵も増えるし、苦労も多くなるよ。目立つのは苦手だし、僕はほどほどで充分かな」

「…………ほんと、変わってるわね。これだけ強いのに欲がないし」

「僕だって欲はあるよ。美味しいものを食べたいし、安定した生活も送りたいかな」

「女はどうなの？　ハーレムを作りたいなんて思わないの？」

「うーん…………」

彼方はミュリックの顔をじっと見つめる。

「女の子に好かれたいって気持ちはあるよ。でも、ハーレムはいいかな。特に立場を利用してもてても意味ないし」

「ふーん。やっぱり、あなた、面白い」

「そんなことより、報告って七原《ななはら》さんのことがわかったの？」

「クヨムカ村に黒髪の女の子の異界人がいたって情報があったの」

「クヨムカ村？」

「ガリアの森の中にある村よ。カカドワ山のふもとにある小さな村ね。王都がここだと…………このへんかな」

ミュリックは彼方の胸元に指先で地図を描く。

「あくまでも情報だし、その子が七原香鈴《かりん》かどうかはわからないけどね」

「クヨムカ村か…………」

　彼方は口元に親指の爪を寄せる。

　――自分の目で確認しておきたいな。カカドワ村はクリスタルドラゴンに乗った時に見た山だろうから、そこまで遠くはないし。

「ねぇ…………」

　ミュリックは体をくねらせて、彼方の足に自らの足を絡める。

「私、あなたのことが気に入ったの。だから、仲良くならない？」

「仲良く？」

「意味わかるでしょ？　こんな首輪じゃなくて、あなたと繋《つな》がっていたいの。心も体も」

　ミュリックの紫色の瞳が揺らめき、半開きの口から甘い息が漏れる。

「大丈夫…………私にすべてまかせて」

　その時、コンコンとノックの音がして、部屋の扉が開いた。

「あ…………」

　彼方の瞳に、怒りに体を震わせているエルフの女騎士ティアナールの姿が映った。

「かっ、かっ、彼方っ！　何だ、その女は⁉」

　ティアナールは金色の眉を吊《つ》り上げて、彼方に駆け寄る。

「お前、昼間から、そんな、ふしだらなことを…………」

「ちっ、違います。ティアナールさん」

　彼方は慌てて上半身を起こす。

「ミュリックですよ。これは」

「ミュリック？」

「ほら、ザルドゥのダンジョンでティアナールさんが戦ったサキュバスですよ。今は角を隠してますけど」

「…………あっ！」

ティアナールは腰に提げていたロングソードを引き抜いた。

「彼方から離れろ！　十秒で殺してやる！」

「落ち着きなさいって。エルフの女騎士」

ミュリックは彼方の腕にふくよかな胸元を押しつけながら、薄いピンク色の唇を動かす。

「私は彼方の仲間になったんだから」

「仲間？　どういうことだ？」

ティアナールは彼方の上着を掴む。

「こいつは上位モンスターでザルドゥの配下だったサキュバスだぞ。そんな奴を仲間にしても、寝首を掻《か》かれるだけだ」

「それは大丈夫なんです」

彼方はミュリックの首輪を指差す。

「これ、マジックアイテムでミュリックは僕の奴隷になってるんです」

「奴隷だと？」

「はい。僕が死ぬとミュリックも死ぬ仕掛けになってて。だから、ミュリックが裏切ることはないんです」

「そういうこと」

ミュリックは彼方の太股を白い手で撫《な》で回す。

「私は彼方の奴隷になったの。だから、こうやってご奉仕してるってわけ」

「ごっ、ご奉仕っ⁉」

ティアナールの顔が赤く染まる。

「彼方っ！　見そこなったぞ！　サキュバスの色香に惑わされるとは」

「そんなんじゃ、ありませんから」

彼方は高速で首を左右に振る。

「とにかく、離れてよ、ミュリック。ティアナールさんに説明しないと」

「別にこのままでもいいでしょ」

「よくないよ」

彼方は強引にミュリックから離れて、ティアナールに事情を説明した。


「そういうことか………」

彼方の話を聞き終えたティアナールが眉間にしわを刻んだ。

「事情は理解したが、こいつは本当に信用できるのか？　首輪をしててもお前を道連れにする覚悟で攻撃してくるかもしれんぞ」

「ミュリックは、そんなタイプじゃありません」

彼方はベッドに横たわっているミュリックをちらりと見る。

「自分の命を最優先に考えて行動するタイプですから」

「本当にそうなのか？」

「一応、最初は警戒して、わざと隙を作って反応を見てたんですけど、僕を攻撃する動きはなかったし」

「えっ？　そんなことやってたの？」

ミュリックが上半身を起こして、彼方に声をかけた。

「全然気づかなかった」

「こんな感じですよ。攻撃どころか、僕が死んだらまずいと思って、四天王の情報もぺらぺらと喋《しゃべ》ってくれたし」

「当たり前でしょ。自分が死んだら、何の意味もないんだし」

「うーん。しかしなぁ………」

ティアナールはミュリックのふくよかな胸元を見る。

「こんな奴が彼方の近くにいるのは、やはり解《げ》せん」

「別にあなたの許可を取る必要もないし」

ミュリックは舌を出して、ティアナールを挑発する。

「私は彼方の愛奴隷なんだから」

「愛をつけるな！　お前はただの奴隷だ！」

「嫉妬してるの？」

「しっ、嫉妬だと？」

「そう。あなた、まだ、彼方に抱かれてないんでしょ？」

「だっ、だっ、抱かれ………」

ティアナールの尖《とが》った耳が真っ赤になる。

「あなたって綺麗《きれい》だけど色気はいまいちよね。オスをその気にさせる空気をまとってない。私なら、彼方を一晩で虜にしてみせるから」

「貴様………彼方を籠絡するつもりか」

「別にいいでしょ。彼方だって、それを望んでるし」

「ふざけたことを。やはり貴様は悪だ。この場で成敗してやる！」

言い争う二人の間に、彼方が割って入った。

「そんなことより、ティアナールさん、僕に用事があるんじゃ？」

「あ………いや………」

ティアナールはロングソードの柄《つか》から手を離し、彼方とミュリックを交互に見る。

「………まあ、話してもいいか。どうせ、夕刻前にはゼノス王から発表があることだしな」

「何の発表ですか？」

「数万のモンスターがカカドワ山の西側に集結しているらしい」

「数万………ですか？」

「ああ。どうやら四天王のネフュータスが指揮してるようだ。奴らの狙いはヨム国への侵略だろう」

「この王都が戦場になるってことですか？」

「最終的にはそうなるだろうな。だが、その前にガリアの森の中にある村が襲われるはずだ。カカドワ山の東には、十数ヵ所の村があるからな」

「クヨムカ村も襲われるかもしれないってことか」

香鈴がいる可能性のある村の位置を思い出し、彼方は両方のこぶしを固くした。

「彼方……私はウロナ村に行くことになった」

ティアナールの口から、いつもより低い声が漏れた。

「ウロナ村は王都とカカドワ山の中間あたりにある大きな村だ。そこを拠点にして、モンスターどもを迎え撃つ。白龍《はくりゅう》騎士団だけじゃなく、他の騎士団や兵士たちも動く。総力戦になるぞ」

「クヨムカ村の守りはどうなっているんですか？」

「クヨムカ村はカカドワ山のふもとにある村か。たしか……銀狼《ぎんろう》騎士団が守る地域だな。それがどうかしたのか？」

「クヨムカ村に知人がいるかもしれないんです」

「もしかして、お前といっしょに転移した異界人か？」

「その可能性があるってだけで、本当にいるのかどうかはわからないんです」

彼方は窓の外に視線を向ける。

町の建物の外壁の先に、うっすらとカカドワ山が見えている。

――七原さんは運動が得意でもないし、モンスターに襲われたら、生き残るのは厳しいはずだ。

「彼方……お前、まさかクヨムカ村に行くつもりなのか？」

ティアナールの質問に、彼方は「はい」と答えた。

「もし、そこに七原さんがいたら、助けてあげないと」

「いや、しかし、クヨムカ村は危険だぞ。銀狼騎士団が守るとはいえ、最前線になるはずだ。一気にモンスターどもが襲い掛かってくるかもしれない」

「それなら、なおさら行かないと」

「おっ、おいっ！　ひとりで行くつもりなのか？」

「大丈夫ですよ」

彼方はにっこりと微笑む。

「僕も戦闘に慣れてきたし、最近は魔法戦士の訓練学校で模擬戦を見学してますから」

「見学っ？」

「ええ。昨日はAランクの魔法戦士と模擬戦もやりましたよ」

「Aランクの魔法戦士ってことは、ユリエス訓練学校のユリナとか？」

「はい。知り合いなんですか？」

「何度か夜会で会ったことがあるぐらいだな。彼女は貴族ではないが、父親がSクラスで有名人だから、よく夜会にも顔を出すんだ。で、勝敗はどうだった？」

「何十試合もやりましたからね。勝ったり負けたりかな」

「勝った？」

ティアナールの緑色の瞳が丸くなる。

「あのユリナに模擬戦で勝ったのか？」

「はい。ユリナさんは強かったです。模擬戦だから、本気の呪文も使ってないのに何度もやられちゃいました」

「ちょっと待て。模擬戦ってことは、お前の本当の力は使ってないんだな？」

「ええ。弱いゴーレムを召喚したけど、模擬戦でそれは使ってないし」

「じゃあ、もし、本気でお前とユリナが戦ったら？」

「ユリナさんがザルドゥより強いのなら、僕が負ける可能性はあります」

彼方は笑いながら答えた。

「でも、そうじゃないのなら、負けることはないと思いますよ」

「………そうだったな。お前はあの魔神を倒した男だ。Aランクの冒険者程度に負けるはずがないか」

ティアナールはふっと息を吐く。

「だが、油断はするなよ。お前がいくら強くても、体は普通の人間なんだからな」

「わかってます。用心して行動しますし、ミュリックもいますから」

「はぁっ？　私は行かないからっ！」

ミュリックは引きつった顔で首を左右に動かす。

「ネフュータスに捕まったら、裏切り者として殺されちゃうし」

「君に拒否権はないよ。それに僕がクヨムカ村で死んだら、君も首輪の効果で殉死するんだし、どこにいても関係ないって」

「大丈夫なんでしょうね？　ネフュータスはザルドゥ様と違って、油断なんてしないわよ」

「うん。わかってる」

彼方の表情が引き締まる。

「僕だって、まだ、死にたくはないし、無茶な行動をする気もないから」

「この状況で、クヨムカ村に行くこと自体が無茶な行動だと思うんだけど？」

ミュリックのつぶやきに、ティアナールが無言でうなずいた。


翌日の早朝、彼方とミケはクヨムカ村に向かって、王都を出発した。

風にそよぐ草原を歩きながら、彼方は視線を雲一つない青空に向ける。

――ミュリックには昨日の夜から、カカドワ山に集まってるネフュータスの軍隊の偵察に向かわせた。彼女なら空を飛ぶこともできるし、より詳細な情報を手に入れてくれるはずだ。

隣にいるミケに視線を動かす。

「ミケ、本当に僕についてくるの？　今回は依頼じゃないから、お金入らないよ。それにモンスターの軍隊が襲ってくる可能性もあるんだ」

「問題ないにゃ」

ミケはしっぽをぱたぱたと動かしながら、元気よく答える。

「彼方のお友達がクヨムカ村にいるのなら、ミケも助けに行くにゃ。それに」

「それに、何？」

「クヨムカ村の近くにあるカカドワ山には魔水晶が採れる鍾乳洞《しょうにゅうどう》がいっぱいあるのにゃ。ミケは大きな魔水晶を見つけて大金持ちになるにゃ」

「魔水晶って、何に使うの？」

「すごい魔法を使う時に必要にゃ。他にもマジックアイテムの材料になるにゃ。キラキラして綺麗な石なのにゃ」

「……………そっか」

彼方は頬を緩めて、ミケの頭に生えた耳を撫でた。

「それなら、最初に七原さんのことを調べて、その後に、魔水晶探しをしよう。ただし、危険だと思ったら、みんなで逃げるからね」

「了解にゃ。ミケがんがるにゃ」

ミケは両方のこぶしを胸元で握り締めた。

◇

二日後、森の中の曲がりくねった細い道を進んでいると、広葉樹の木々の奥に数基の矢倉が見えた。矢倉の上には弓を持った兵士の姿があった。

さらに十数メートル進むと、彼方の視界が開けた。丸太を使った数十軒の家が切り開かれた平地に建っており、その手前の広場には布製のテントが並んでいた。

そのテントの前にいた鎧《よろい》を着た男が、彼方に近づいてきた。

「おいっ、お前、冒険者だな？」

男の質問に彼方は「はい」と答えた。

「もしかして、銀狼騎士団の方ですか？」

「そうだ。俺は銀狼騎士団、第九部隊の十人長トールだ」

「トールさん……………ですか」

彼方は自分より、十センチ以上高い二十代ぐらいの騎士を見つめる。

――髪と目は茶色で身長は百八十五センチぐらいか。肩幅が広くて鍛えてるのがわかるな。鎧と服と靴を見る限り、貴族ではない……か。

「Fランクの冒険者か……」

彼方のベルトにはめ込まれたプレートの色を見て、トールの表情が険しくなった。

「早くここから逃げたほうがいいぞ。この村は危険だからな」

「モンスターの軍隊が攻めてくるからですか？」

「何だ、知ってたのか」

トールは目を丸くする。

「それなのにこの村に来るとは無茶がすぎるぞ。何かの依頼でも受けたのか？」

「まあ、そんな感じです」

彼方は言葉を濁した。

「それより、モンスターがクヨムカ村を襲うことは確定してるんですか？」

「いや。絶対ではないな。本命は南にあるイベノラ村を通って、川沿いにウロナ村を狙ってくるとウル団長は予想している。この村はそのルートからは外れている上に小さな村だからな。モンスターたちにとっては無視しても問題ないだろうし」

「だから、銀狼騎士団の皆さんの数が少ないんですね」

「ああ。この村にいるのは三十人だな。ウル団長も主力の部隊といっしょにイベノラ村にいる」

「そう……ですか」

「だが、危険なことには変わりない。モンスターどもの別働隊がこの村を襲う可能性はある」

「三十人で守り切れるんですか？」

「相手がゴブリンやオークあたりの下位モンスターで数がほどほどならな。村も冒険者を雇って警備を強化してるし、なんとかなるだろう」

トールは視線をカカドワ山に向ける。

「まあ、状況次第では撤退するがな」

「撤退ですか？」

「そうだ。勝てない数のモンスターがここに攻めてきたら、早めに撤退する。村人にもその準備をさせている最中だ」

「賢明な判断ですね」

彼方は口元に手を寄せて、トールを見つめる。

――トールさんの考えは間違ってない。勝てない敵と戦って全滅したら最悪だし。ただ、理想は今のうちに全員で逃げ出して、ガリアの森の中で一番大きいウロナ村まで行くほうがいいんじゃないかな。まあ、住み慣れた村を離れることに抵抗もあるだろうし、仕事や住む場所の問題もあるのかもしれない。

トールががっしりとした手で彼方の肩を叩《たた》く。

「とにかく、俺が撤退の指示を出したら、すぐにこの村から逃げることだ。依頼料よりも自分の命のほうが大切だろ？」

「はい。わかりました」

彼方は丁寧にトールに頭を下げた。

――この人は、なかなかいい人だな。僕がFランクとわかっても、あからさまにバカにするような態度を取らないし、会ったばかりの僕のことを気にしてくれている。十人長ってことは、ティアナールさんの弟のアルベールさんと同じ役職だけど、トールさんのほうが精神的にも大人って感じがする。


彼方とミケは村に入り、中央にある広場に向かった。広場には井戸があり、その奥には二階建ての大きな家があった。

――村長の家っぽいな。とりあえず七原さんのことを聞いてみるか。

彼方は扉の前に立ち、コンコンとノックをする。

「はいです」

聞き覚えのある少年の声が家の奥から聞こえた。

やがて、扉が開き、ウサギの耳を生やした十代前半ぐらいの少年が姿を見せた。

その少年を見て、彼方の目が丸くなる。

「あれ、ピュートじゃないか」

彼方はキメラと戦ったダンジョンで、いっしょに行動した少年の名を口にした。

「どうして彼方さんがいるですか?」

ピュートは不思議そうな顔で首をかしげる。

「それは僕のセリフだよ。ピュートこそ、どうしてクヨムカ村に？」

「僕はカカドワ山に生えてる薬草の採集です。この辺の薬草は質がいいので、高く売れるのです」

「あ、でも、今はひとりでカカドワ山に入らないほうがいいよ」

「はい。だから、今は村の警備をやってます。村長が一日銀貨八枚で雇ってくれたです。もしかして、彼方さんたちも警備の仕事を受けに来たですか？」

「いや、僕たちは別件だよ。知り合いを捜しに来たんだ」

彼方は家の中を見回す。

「ここは村長の家かな？」

「私に何か用かい？」

ピュートの背後から、老いた白髪《しらが》の女が現れた。年齢は八十代ぐらいで腰が僅《わず》かに曲がっている。クリーム色の服に赤い色の刺繍《ししゅう》がしてあり、細長い杖《つえ》を右手に持っている。

女は目尻にしわを寄せて、彼方に歩み寄った。

「私がクヨムカ村の村長のドロテだよ。あんたたちは……………冒険者のようだね」

「はい。僕は氷室《ひむろ》彼方、隣にいるのが同じパーティーのミケです」

彼方はドロテ村長に自己紹介をした。

「実は人を捜してて………」

「………ほう。この状況で人捜しかい。Fランクの冒険者の行動とは思えないねぇ。で、誰を捜してんだい？」

「異界人の女の子です。名前が七原香鈴。知りませんか？」

「香鈴っ？　香鈴の知り合いなのかい？」

ドロテ村長が驚きの声をあげた。

「七原さんを知ってるんですね？」

「ああ。香鈴は一年前に変な服を着て、クヨムカ村にやってきたんだ。とろくてドジで何もできなかったが、根は優しくていい子でね。村の仕事を手伝ってもらってたんだ」

――一年前？　もしかして、転移した時間が僕とは違うのか。それに、もらってた？

「今はいないってことですか？」

「いないよ。あの子は死んだんだ」

その言葉に、彼方は目を見開いた。

「死んだ？　七原さんが？」

「三週間程前にね。モンスターの群れにさらわれちまったんだよ。村の娘たちといっしょに」

ドロテ村長の顔が歪《ゆが》んだ。

「あいつらは最近、村の近くの鍾乳洞を根城にして、村人をさらってるのさ。あいつらにさらわれて生きて帰ってきた者はいないよ」

「ってことは、七原さんが死んだところを見たわけじゃないんですね？」

「ああ。見てはいないが」

「そう……ですか」

彼方は親指の爪を唇に寄せる。

――その場で殺さずにさらったってことは、生かす理由があったのかもしれない。それなら、まだ可能性は残ってる。

「ドロテさん、モンスターがいる鍾乳洞の場所を教えてもらえませんか？」

「場所？　場所を知ってどうするつもりなんだい？」

「行ってみようと思って」

「それは止《や》めときな」

ドロテ村長は眉間にしわを刻んで、首を左右に振った。

「あいつらは異形種の集まりなんだよ」

「異形種って何ですか？」

「普通ではない外見をしたモンスターさ。二つ頭があるリザードマンに腕が三本あるゴブリン。どいつも普通のモンスターより強い。そんな奴らが百体以上いるんだ。しかもリーダーはザルドゥの迷宮を守っていた軍団長なんだよ」

「軍団長……………」

「そうさ。たしか、名前は………カリュシャスだったかね。ダークエルフの男だよ」

ドロテ村長は体をぶるりと震わせる。

「あいつはただのダークエルフじゃない。頭が良くて、狡猾《こうかつ》で危険な闇の呪文を使ってくる。Fランクのあんたらじゃ、死ぬだけだよ」

「たしかに危険な相手のようですね。それで、鍾乳洞までの地図を描いてもらえますか？」

「………はぁ？」

ドロテ村長は、ぽかんと口を開けた。

「あんた、私の話をちゃんと聞いてたのかい？　この村を守ってる銀狼騎士団全員で行っても全滅するだけだよ」

「それでも僕は行きます。七原さんが生きてる可能性があるのなら」

彼方はきっぱりと言い切った。

「…………そうかい。本当なら、この村にいる冒険者には村の護衛を頼みたかったんだが、自殺志願者なら、しょうがないね」

ドロテ村長はため息をついた。

「あんたの気持ちはわかるよ。知り合いの死を信じたくないんだろうね。私だって、さらわれた村の娘たちや香鈴のことを考えると、心が痛むよ。でも、私はクヨムカ村の村長だ。死んだあの子たちのために、他の村人を犠牲にするわけにはいかないんだよ」

「その考えは理解できますし、間違ってないと思います」

「それなのに、あんたは香鈴が生きてる少ない可能性を信じて、命を失うかもしれない場所に行くんだね？」

「はい。でも、僕だって死にたくはありません。モンスターに見つからないように行動しますよ」

「…………甘い考えだと思うけど、これも若さなのかね」

ドロテ村長は、彼方をじっと見つめて、もう一度、深いため息をついた。

彼方とミケはクヨムカ村を出て、カカドワ山に登り始めた。

斜面には薄紫色の花が咲いていて、その周囲を魔法陣の模様を持つ蝶《ちょう》が飛び回っている。

彼方はドロテ村長に描いてもらった地図に視線を落とす。

──カリュシャスが根城にしてる鍾乳洞まで四時間ぐらいって言ってたな。となると、途中で夜になるか。

視線を上げると、カカドワ山の山頂が見えた。その一部は雪で白くなっている。

──高さは………千メートル以上はありそうだな。この山の向こう側にネフュータスの軍隊が集結してるのか。

彼方の表情が険しくなる。

──ネフュータスは四天王でカリュシャスは軍団長だ。当然、面識はあるだろうし、連携を取ってると面倒だな。

「彼方っ！」

ミケが星の形をした青色の花を持って駆け寄ってきた。

「青星草を見つけたにゃ。これは回復薬の材料になるのにゃ」

「もしかして、ピュートが探してた薬草ってこれかな？」

「多分そうにゃ。一本で銅貨四枚にはなるにゃ」

「これが銅貨四枚か」

彼方は青星草に顔を近づける。ふわりと柑橘系《かんきつけい》の香りが鼻腔《びくう》に届く。

──銅貨四枚ってことは、約四百円ってことか。回復薬は安いのでも、リル金貨八枚──八万円はしたから、薬にするのに他の材料もいるのかもしれないな。

──マジックアイテムの首輪を買ったから今はお金がないけど、今度、良質な回復薬も買っておこう。呪文カードのリカバリー程の効果はないとはいえ、あれはいつも使えるわけじゃないから。

四時間後、彼方は地図に描かれた鍾乳洞の入り口に到着した。

巨大な月が岩の陰にいる彼方とミケの姿を淡く照らす。

「見張りは…………いないか」

彼方は鋭い視線で周囲を見回す。

——強いモンスターの群れなら、襲撃を気にする必要はないってことか。入るのは難しくなさそうだな。

意識を集中させると、彼方の周囲に三百枚のカードが浮かび上がる。

右手の指先が一枚のカードに触れた。

召喚カード

毒使いのアサシン　音葉

★★★★★★（6）

属性：闇

攻撃力：1600　体力：1000

防御力：300　魔力：300

能力：百種類の毒を使いこなす

召喚時間：24時間

再使用時間：14日

レアリティ：ゴールド

人を殺すのに力は必要ありません。小さな傷をつければ、それで終わりなのですから

彼方の前に、スズランの柄の黒い着物を着た二十代ぐらいの女が現れた。

腰まで伸びたストレートの髪は黒く、黒縁の大きなメガネをかけている。肌は青白く、赤紫色と青紫色の二振りの短刀を手にしている。

女――音葉《おとは》はメガネの奥の目を細めて、彼方に微笑みかける。

「召喚していただき、感謝します。それで私は何をすればいいんですか?」

「僕たちといっしょにモンスターのいる鍾乳洞に侵入して、七原さん……女の子を捜す手伝いをして欲しいんだ」

「そういう任務ですか。それならたしかにアサシンの私が向いてますね」

「うん。状況によってはリーダーのダークエルフの暗殺もやってもらうよ」

「それは問題ありませんが、その前にアレはどうします?」

音葉の黒い瞳の動きに合わせて、彼方も視線を動かす。

数十メートル先に、背丈が百八十センチ以上ある三本腕のゴブリンがいた。

ゴブリンは彼方たちに気づいておらず、鍾乳洞の入り口に向かっている。

だらりと下げた左手が人間の頭部を摑んでいるのを見て、彼方の眉がぴくりと動いた。

「なるべく、騒がせないように殺してもらえるかな」

「承りました」

メガネの奥の音葉の瞳が鋭く輝いた。

音葉は足音を立てることもなく、背後からゴブリンに近づいた。

その時、ゴブリンの後頭部のしわの部分がまぶたのように開き、ぎょろりとした目が音葉を睨《にら》みつけた。

ゴブリンはくるりと振り返り、右手に持った曲刀を振り下ろす。音葉は着物の袖を揺らして、その攻撃をかわす。

「グウウッ………」

ゴブリンは人間の頭部を放り投げて、にやりと笑った。黄ばんだ歯のすき間に肉片がはさまっている。

「これは予想外ですね。まさか、後ろに目があるなんて」

音葉はゆらゆらと体を揺らしながら、左手に持った短刀を構える。

「でも、あなた、悪い選択をしました。そのまま殺されておけば、苦しまずにすんだものを」

「ギュフ………」

ゴブリンは音葉を自分より弱いと判断したのだろう。仲間を呼ぶような動きをすることなく、音葉に攻撃を続ける。右手に持った曲刀を振り回しながら、二つの左手で音葉を摑もうとする。

「甘いっ！」

無造作に伸ばしたゴブリンの手のひらを、音葉は青紫色の短刀で浅く斬った。その攻撃を無視して、ゴブリンは曲刀を斜めに振る。音葉は右手の短刀で曲刀を受けた。キンと甲高い金属音が響く。

音葉は短刀を構えたまま、ゆっくりと後ずさりする。

ゴブリンはよだれを垂らしながら、紫色の舌を動かす。

数秒後、笑みを浮かべていたゴブリンの表情が変化した。緑色の肌に無数の血管が浮かび上がり、呼吸が荒くなる。

「へーっ、あなた、毒に耐性があるみたいですね。まだ、立っていられるなんて」

音葉は感嘆の声を漏らす。

「グッ…………ガアッ…………ゴッ…………」

突然、ゴブリンの声が小さくなった。

「声のほうは、しっかり効いているみたいですね。これで助けを呼ぶことはできませんよ」

「グッ…………ググッ…………」

ゴブリンは怒りの表情で音葉に襲い掛かった。

しかし、その動きは鈍い。

左足がかくりと曲がり、上半身が傾く。

音葉は前のめりになったゴブリンの腕に赤紫色の短刀を突き刺す。

その瞬間、ゴブリンの動きが止まった。両目を見開き、アゴが外れたかのように口を大きく開く。数秒後、その目と口から青紫色の血が流れ出した。血は足元の草を濡《ぬ》らし、ゴブリンの体が前のめりに倒れた。

音葉は胸元で両手を交差させるように動かす。二本の短刀が空気に溶けるように消えた。

「青の毒が全身に回った後に赤の毒を喰《く》らえば、多少の毒耐性があっても無意味です。まあ、青の毒だけでも、ほとんどの生物は数分で死んでしまいますけど。と、死んでしまった相手に説明しても意味はありませんね」

ふっと息を吐き出し、音葉は長い黒髪をかき上げた。

「ごめんなさい。音を立ててしまいました」

「問題ないよ」

そう言って、彼方は音葉に近づく。

「どうやら、他のモンスターには気づかれなかったみたいだし、全てが上手くいくとは限らないからね。相手も強かったみたいだし」

――腕が三本あって、後頭部にも目があるゴブリンか。体格も普通のゴブリンより、一回り以上大きい。こんな異形種が百体以上いるのか。

――しかも外に出ているモンスターもいるみたいだ。挟み撃ちにされる可能性もあるな。

彼方は意識を集中させ、新たな召喚カードを選択する。

召喚カード

剣豪武蔵の子孫　伊緒里

★★★★★★★　(7)

属性：風
攻撃力：3200　体力：1700
防御力：800　魔力：0
能力：風属性の日本刀を使う
召喚時間：7時間
再使用時間：16日
レアリティ：ゴールド

ご先祖様の名にかけて、剣なら誰にも負けない！

セーラー服を着た少女が姿を現した。年は十七歳ぐらいで、髪はポニーテール。肌は小麦色で、強い意志を感じる目が僅かに吊り上がっている。その右手には鈍く輝く日本刀が握られていた。

「剣豪武蔵《むさし》の子孫、伊緒里《いおり》っ！　ここに見参！」

少女——伊緒里は、にっと白い歯を見せて彼方に駆け寄る。

「で、今回の僕の仕事は何？」

「君の仕事は鍾乳洞に近づいてくるモンスターの排除だよ」

彼方は淡々とした口調で答えた。

「僕とミケと音葉が鍾乳洞に潜入するから、後方は君にまかせる」

「えーっ、僕も彼方といっしょに潜入するほうがいいな」

伊緒里が不満げに頬を膨らませた。

「どうせ、そっちに強い奴がいるんだろ？」

「その可能性は高いけど、こっちは隠密行動の予定だから」

「うーん。雑魚《ざこ》相手だと、燃えないんだよなー」

「それなら問題ないよ。この鍾乳洞にいるモンスターは異形種ってやつで、普通のモンスターよりも強いから」

「あ、そうなんだ。じゃあ、気合いれないとな。前に召喚された時は負けちゃったし」

「よろしく頼むよ。強いクリーチャーでないと、この役目は果たせないからね」

彼方の言葉に、伊緒里の瞳が輝いた。

「まっ、まかせといて！　今度は召喚時間の限界まで働くから」

「うん。君の活躍に期待してるよ」

——状況によっては、伊緒里をカードに戻して、別の召喚カードを使うつもりなんだけど、それは言わないほうがよさそうだな。気合入っているみたいだし。

彼方は作り笑いを浮かべて、伊緒里の肩に軽く触れた。

アイテムカード
ピコっとハンマー
★（1）
対象の動きを一瞬だけ止める。防御力上昇の効果つき 具現化時間：１日 再使用時間：２日 レアリティ：ブロンズ

彼方は具現化したピコっとハンマーをミケに渡し、新たに別のアイテムカードを選択する。

アイテムカード

機械仕掛けの短剣

★★★（3）

装備した者のスピードと防御力を上げる

具現化時間：2日

再使用時間：7日

レアリティ：シルバー

透明の刃の中に数千個の歯車が重なり合っている美しい短剣が具現化された。

彼方はその短剣を右手で掴む。

——機械仕掛けの短剣は具現化時間が長くて、使い勝手がいい。ネーデの腕輪の効果で力も強くなってるし、戦闘にも慣れた。ほどほどの敵なら、これで十分だ。ミケにも防御力が大きく上がるピコっとハンマーを装備させたし。

ふっと、脳裏に香鈴の姿が浮かび上がる。

——七原さん、無事でいてくれるといいんだけど。

唇を強く結んで、彼方は鍾乳洞の入り口を見つめた。

彼方たちは音葉を先頭にして鍾乳洞の中に入った。空気はひんやりとしていて、壁には光る石が入ったカンテラが掛けられている。

どこからともなく、ぴちゃぴちゃと水滴が落ちる音が聞こえてくる。

曲がりくねった薄暗い道を進んでいると、十数メートル先で微かな物音がした。

前を歩いていた音葉の動きが止まる。

「ここで待っていてください」

彼方の耳元でささやくと、音葉は壁際に沿って歩き出す。

やがて、革製の鎧を着た三ツ目のリザードマンが現れた。

同時に音葉が動いた。死角から一気に飛び出し、青紫色の短刀でリザードマンのノドを斬り裂く。

「グッ…………ゴブッ…………」

リザードマンは溺れるような声をあげて倒れた。

「急所を狙えば毒の効果は必要ありませんね」

音葉はふっと息を吐き、死んでいるリザードマンを見下ろす。

「さて、死体をどうしましょうか?」

「石柱の陰にでも隠しておこう。どうせ、バレるだろうけど、少しでも時間が稼げればいいから」

彼方は視線を左右に動かす。

十数メートル先で道が二つに分かれている。

――この鍾乳洞、中は相当広いみたいだな。七原さんや村の女の子たちがいるとしたら、牢屋《ろうや》みたいな場所があるはずだ。ザルドゥのダンジョンでは牢屋は最下層にあったし、ここもそうかもしれない。

「とにかく、急ごう。なるべくなら戦闘は避けたいし」

彼方は機械仕掛けの短剣を握り締め、唇を強く結んだ。

十分後、後ろにいたミケが彼方に声をかけた。

「彼方、向こうから食べ物の匂いがするにゃ」

小さな鼻をひくひくと動かして、ミケは左側の斜面を指差す。

「食べ物か…………」

彼方は緩やかに傾斜した斜面に近づく。斜面の上部には、つららのような鍾乳石が無数に垂れ下がっている。

「行ってみよう」

彼方たちは足音を忍ばせて、ゆっくりと斜面を下りた。数十メートル進むと、下方から声が聞こえてきた。

彼方は石柱の陰からそっと顔を出して下方を覗《のぞ》いた。そこは楕円《だえん》の形をした広場になっていた。中央には枯れ木が積み重ねられていて、オレンジ色の炎が揺らめいている。周囲では五十体以上のモンスターが食事をしていた。

右腕だけが異様に太いゴブリン。頭部が二つあるリザードマン。体中に白い毛を生やしているオーガ。異形のモンスターたちは血の滴る獣の肉に食らいついている。

――ここはモンスターたちの食堂兼リビングルームってところか。

彼方は後ずさりして、ミケと音葉に顔を近づける。

「ここは無視して、別の道から下に行こう。みんな油断してるみたいだし」

彼方たちは静かにその場から離れた。


曲がりくねった細い道を下り続けると、分厚い木の扉が行く手を塞いでいた。

彼方は用心しながら扉を開く。

その先には一直線に伸びた通路があり、左右に鉄格子でできた牢屋が並んでいた。

「どうやら、ここが牢屋みたいだな」

彼方は視線を一番手前の牢屋に向ける。そこには誰もおらず、石の床には血の痕が残っていた。

「……………ミケと音葉はここにいて」

彼方はひとりで薄暗い通路を進む。

その時、奥の牢屋で微かな音が聞こえた。

――誰かいる。

彼方のノドが大きく動く。

ゆっくりと一番奥の牢屋に向かう。

鉄格子の前に立った彼方の瞳に、座り込んでいる少女の後ろ姿が映った。

少女はツインテールの黒髪で、クリーム色の服を着ている。

「…………七原さん？」

彼方の声に少女は反応した。上半身をひねって、彼方に顔を向ける。

彼方の顔が一瞬で強張った。

長袖なので見えにくいが、袖の隙間からは少女――香鈴の右腕が緑色に変化していて、無数のつるが絡み合っているのが見えた。

香鈴は鉄格子の向こう側にいる彼方を見上げながら、桜色の薄い唇を開いた。

「わあっ！　彼方くんだ！」

香鈴は瞳をきらきらと輝かせる。

「今日は学生服じゃないんだね」

「今日は？」

「うん。いつもは学生服だから。あ、一度、王子様の服を着てた時もあったよね」

「王子様の服って………」

「あの時の彼方くんは、かっこよかったなぁー。あ、でも、今の彼方くんも、すごくかっこいい。綺麗な短剣も持ってるし、ちょっと強そうな感じがする」

うっとりとした表情で香鈴は彼方を見つめる。

彼方は香鈴の言動と表情に違和感を覚えた。

――七原さんが変だ。僕と会うのは七原さんからすれば一年ぶりのはずなのに、まるで、よく会ってたみたいな言い方だ。

香鈴は緩慢な動作で立ち上がると、鉄格子の前に移動する。

「あ………すごい」

「すごい？　何がすごいの？」

彼方は鉄格子越しに香鈴に質問した。

「だって、いつもと違ってはっきり見えるから」

袖の下、つるの絡まった緑色の腕を伸ばして、香鈴は彼方の手に触れる。

「わっ！　感触がある。それに少し温かい」

「そりゃあ、僕は生きてるから」

「でも、夢の中なんだよ。今までの夢だって、こんなことなかったし」

「夢…………？」

「そうだよ。私の夢の中」

にっこりと香鈴は微笑む。

「この世界に来てから、つらいことがいっぱいあった。でも、夢の中の彼方くんはいつも私を励ましてくれた。だから、私は頑張れた」

「七原さん…………」

彼方は、じっと香鈴を見つめる。

――七原さんは、この状況を夢だと思ってるのか。

彼方の眉間に深いしわが刻まれる。

――モンスターにさらわれて牢屋に閉じ込められていたことで、精神が壊れかけているのかもしれない。それに…………。

「腕…………どうしたの？」

「あ、これかぁ」

香鈴は長袖をまくり、視線を緑色の腕に向けた。

「これね、モンスターに種を植えられたの。ディルミルの種。人の体に寄生して命を吸い取るんだって」

「命を吸い取るっ？」

「うん。でも、その代わりにディルミルの花と葉っぱは強いマジックアイテムを作る材料になるの」

「そんなことのために種を…………」

「いっしょにさらわれたスージーとエミリアも種を植えられたの。でも、すぐに死んじゃって」

香鈴の声が暗くなった。

「ディルミルの種を育てるのは難しいんだって。種を植えても、すぐに宿主が死ぬことが多くて。だから、私は運がよかったの。まだ生きてるし」

「七原さんの体にディルミルの種を植えたのは、ダークエルフのカリュシャス？」

「うん。魔神ザルドゥの軍団長なんだって」

「…………そうか」

――植物の寄生だとケガとは違うから、呪文カードの『リカバリー』は使えないだろうな。治すための情報を集めないと。でも、まずはここからの脱出か。

彼方は唇を強く結び、機械仕掛けの短剣で錠前を叩いた。金属音が響き、錠前が壊れる。

格子状の扉を開けて、彼方は牢屋の中に入った。

「七原さん、ここから出よう」

「ここから出る？」

香鈴は不思議そうな顔をした。

「…………そっか。今日はそういう夢なんだ」

「夢じゃないよ」

「じゃあ、幻覚？」

「幻覚でもないから」

彼方は香鈴の肩を強めに掴む。香鈴の目が丸くなった。

「あ…………あれ？」

「助けに来たんだよ。ドロテ村長に話を聞いて」

「…………え？」

香鈴は自分の頬をぱちぱちと叩く。

「痛い…………」

「現実だからね」

「じゃあ、この彼方くんはホンモノ？」

彼方がうなずくと、香鈴の動きが止まった。両目を大きく開いたまま、口を半開きにして、彼方を凝視する。

「本当に彼方くんなの？」

「うん。君のクラスメイトの氷室彼方だよ」

「あ…………」

香鈴の目から、すっと涙がこぼれ落ちた。

「あ、あれ？　変だな。彼方くんと会えて嬉《うれ》しいのに…………涙…………出て」

「ごめん。もっと早く見つけてあげられればよかったんだけど」

「う…………ううん。彼方くんが無事で…………よかった」

「…………」

彼方は涙を流し続ける香鈴の体を、そっと抱き締めた。


彼方、ミケ、香鈴、音葉は巨大な石柱の間をすり抜けながら、地上に向かって進んでいた。

周囲は薄暗く、壁にはトカゲのような生き物が張り付いている。

先頭を歩いていた音葉が足を止めた。

「どうやら、私たちの潜入がバレたようです」

「みたいだね」

彼方は険しい表情で視線をあげた。数十メートル先に、たいまつを持った十数体のモンスターたちが歩き回っている姿が見える。

――この道はダメか。カードを使って強引に通る手もあるけど、こっちが見つかってない状況なら、無理をする必要はない。

「他の道を探そう。それと音葉には単独で陽動をやってもらうから」

「承りました」

音葉は唇の両端を吊り上げる。

「それならば、多少目立つように動きましょう」

「危険な仕事だよ？　それに、多分…………」

「わかってます。でも、私はカードですから死んでも問題ありません。それにあなたを守ることが

私の仕事ですから」

彼方に一礼して、音葉はひとりで急な斜面を登り始めた。

やがて、上部にいたモンスターたちが騒ぎ出した。

どうやら音葉がモンスターの一体を殺したようだ。

怒声が彼方たちのいる場所まで聞こえてくる。

――音葉、ありがとう。

彼方は心の中で音葉に礼を言った。

――潜入がバレたのなら、鍾乳洞の入り口にいる伊緒里の役目は終わりだな。彼女には悪いけど、カードに戻ってもらって、新しいクリーチャーを召喚するか。

彼方は意識を集中させて、伊緒里をカードに戻す。そして、新たな召喚カードを選択した。

召喚カード

両盾の守護騎士　ベルル

★★★（3）

属性：水
攻撃力：100　体力：5000
防御力：5000　魔力：500
能力：魔法の盾を二つ装備する護衛専門の騎士
召喚時間：24時間
再使用時間：7日
レアリティ：シルバー

要人警護なら、このベルルにおまかせあれ！　でも、攻撃力は期待したらダメっすよ

彼方の目の前に、十七歳ぐらいの水色の鎧を着た少女が姿を現した。髪はショートボブの水色で、瞳は濃い青色だった。両手に円形の水色の盾を装備していて、腕には銀色の鎖が巻きついている。

少女――ベルルは片足を上げて、盾を持った両手を左右に広げる。

「お待たせしたっす。愛と正義の守護騎士ベルル！　ここに参上っ！」

「ベルル、君の役目は七原さんとミケの護衛だよ」

彼方は淡々とした声で言った。

「ありゃ！　彼方くんは守らなくていいっすか？」

「僕は大丈夫。自分の身は守れるレベルにはなったからね」

「それは残念っすね。マスターを守るほうが気合が入るっすけど」

ベルルは頭をかきながら、ふっとため息をつく。

「まあ、了解っす。僕の絶対防衛術で二人を守ってあげるっすよ」

「か、彼方くん」

香鈴が目を丸くして、彼方に声をかける。

「どうして、彼方くんが召喚呪文を使えるの？」

「異世界に転移した人間の中には、特別な力を持つ者がいるんだ。それが僕みたいなんだ」

彼方は香鈴に機械仕掛けの短剣を渡す。

「この短剣は装備するとスピードと防御力が上がる特別な武器なんだ。使って」

「でも、彼方くんは？」

「僕は別の武器を出すから」

再び意識を集中させると、彼方の周囲に、三百枚のカードが浮かび上がる。

アイテムカード

深淵の剣

★★★★★（5）

闇属性の剣。装備した者の攻撃力を上げ、呪文を打ち消す効果がある

具現化時間：6時間

再使用時間：12日

レアリティ：ゴールド

漆黒の剣が具現化され、彼方はその剣を掴んだ。

――これでアイテムカードも限界まで使ったか。まあ、状況に応じて、強いアイテムカードと切り替えていこう。

「さあ、急ごう。音葉が時間を稼いでる間に脱出するんだ」

彼方は、香鈴、ミケ、ベルルといっしょに薄暗い道を進み始めた。

一時間後、先頭を歩いていた彼方の視界が開けた。

そこは四十平方メートル程の開けた場所で、左右の壁には色とりどりのビンや壺《つぼ》が置かれた棚が十数台並んでいた。

「ここは…………」

彼方は視線を左右に動かす。

――薬か何かを保管する場所か。ってことは、こっちに出口はなさそうだな。

その時、奥の扉が開き、黒い服を着た男が姿を見せた。

男は二十代前半ぐらいの外見で褐色の肌をしていた。目は緑色で耳は鋭く尖っている。左右の指には、赤や青、緑色の宝石をあしらった指輪をはめていた。

彼方はその男がダークエルフのカリュシャスだと確信した。

「んっ？　知らぬ人間がいるな」

カリュシャスは首をかくりと右に曲げて、切れ長の目を細くする。

「…………ああ、なるほど。村娘を取り戻しに来た冒険者か」

「そうです。七原さんは返してもらいます」

彼方は深淵《しんえん》の剣を両手で握り締め、その刃先をカリュシャスに向ける。

「ほう。それができると思っているのか？」

「ええ。それと、あなたに聞きたいことがあります」

「聞きたいこと？」

「七原さんの腕を元に戻す方法ですよ」

彼方の言葉に、カリュシャスは不思議そうな顔をした。

「元に戻してどうする？　その女はディルミルの寄生に成功した貴重な存在だぞ？　花と葉はマジックアイテムの材料になり、人の世界でも高く売れるはずだ」

「でも、宿主の命を吸い取るんですよね？」

「そうだが、人間の女よりも、ディルミルの花や葉のほうが高価ではないか」

「そんなこと、関係ありません！」

彼方は香鈴たちを守るように、一歩前に出た。

「七原さんの腕を治す方法はあるんですか？」

「さあ、どうだろうな。優秀な魔法医なら、なんとかなるかもしれないが」

「つまり、あなたはその方法を知らない？」

「ああ。知る必要もないことだからな」

カリュシャスは空中に文字を書くかのように右手を動かした。すると、赤黒い宝石が埋め込まれた杖が具現化される。

宙に浮かんでいる杖をカリュシャスは手に取る。

「その女は数年で死ぬだろう。だが、死ぬまでディルミルは育ててもらう」

「………………なるほど」

彼方の口から暗い声が漏れる。

「もう、あなたに用はなさそうだ」

「用はない…………か」

カリュシャスの端整な唇が笑みの形に変化する。

「私はお前と後ろにいる女たちに用がある」

「何の用ですか？」

「お前の剣や腕輪は、なかなかいいマジックアイテムのようだ。女の持つ二つの盾もいい。それに人の体は実験に役に立つ」

「実験か…………」

「そうだ。お前たちがどれだけ苦痛に耐えられるか試してやろう。ここには多くの毒があるしな」

「そんな先のことより、自分の心配をしたらどうですか？」

彼方は背後にいる香鈴、ミケ、ベルルをちらりと見て、その位置を確認した。

「こっちは四人で、そっちはあなたひとりですよ」

「それはどうかな」

その言葉が合図だったかのように、奥の扉から、黄金色の鎧を装備した頭が二つあるリザードマンが現れた。

リザードマンは肩幅が広く、腕が異様に太かった。その左右の手には片刃の剣を握り締めている。

「リザードマンの剣士、ダムラードだ」

カリュシャスは隣に立ったリザードマン――ダムラードの鎧に触れる。

「ダムラードは強いぞ。お前たち程度なら、数分で斬り刻む。それに…………」

彼方たちの背後から足音が聞こえてきた。

「ベルルっ！　後ろの敵を頼むっ！」

「了解っす！」

彼方の指示を聞いて、ベルルがすぐに動いた。

狭い入り口に駆け寄り、その前で両手に持った盾を構える。

「ミケと七原さんはベルルの側《そば》にいて！　前の二人は僕が倒すから」

そう言って、彼方はダムラードと対峙《たいじ》する。

「…………ほう」

ダムラードは四つの目で彼方を見つめる。

「魔力のない人間が妄言を吐くではないか」

「僕に魔力がないことがわかるんですか？」

「当然だ。剣士が相手の能力を見極められなくてどうする」

ダムラードの二つの顔に笑みが浮かぶ。

「お前の剣の腕はなかなかのものだ。そして装備しているマジックアイテムも素晴らしい。剣の刃は鋭く、なんらかの魔法の効果がある。腕輪はネーデ文明のものか。力を強化するタイプだろうな」

「…………なるほど」

彼方は右足を軽く引いて、ダムラードとカリュシャスを交互に見る。

――ダムラードは近接戦闘が得意なタイプか。僕の装備をすぐにチェックする用心深さはあるけど、人間への油断もある。そして、カードの力で具現化したアイテムの効果までは、わからないようだ。それなら…………。

背後から、剣と盾がぶつかり合う音が聞こえてきた。

――ベルルとモンスターの戦いが始まったか。急いだほうがよさそうだな。

「それで、どっちが先に僕の相手をしてくれるんですか？　それとも、二人がかりで来ます？」

「ふざけるなっ！」

ダムラードが声を荒らげた。

「お前ごとき、俺ひとりで十分だ！　カリュシャス、お前は手を出すなよ」

──そう言うと思ってたよ。

壁際に下がったカリュシャスを見て、彼方の唇の端が微かに吊り上がる。

──カリュシャスも、とりあえずは動く気はなさそうだ。

「さあ、かかってこい！　絶望を体験させてやる」

ダムラードは胸元で二本の剣を交差させた。

「じゃあ………」

──カードを使う手もあるけど、ここはあれを使うか。決まればすぐに勝負をつけられるし。

彼方は深淵の剣を斜めに構えて、ダムラードに突っ込んだ。

迫ってくる彼方に向かって、ダムラードは右手に持った剣を振り下ろした。

その動きに合わせて、彼方は足を止める。

剣先が彼方の数センチ前をすり抜ける。

彼方が避《よ》けることを予測していたのか、ダムラードはすぐに左手の攻撃を続ける。

彼方は深淵の剣でその攻撃を受けた。

「まだ、終わらんぞっ！」

ダムラードは左右の剣を振り回しながら、彼方に近づく。

彼方は表情を変えることなく、淡々とその攻撃を受け続けた。

――連続で攻撃を続けて、反撃をさせないつもりか。それだけの速さがあるし力も強い。ネーデの腕輪がなかったら、剣を弾き飛ばされてるだろうな。

――それに何か別の攻撃パターンがあるみたいだ。魔法じゃ…………ないな。

彼方はダムラードの接近を止めるために深淵の剣を真横に振った。

一瞬、ダムラードの足が止まる。

彼方は低い姿勢からダムラードの足を狙う。

深淵の剣が黄金色のすねあてに当たり、甲高い金属音が響いた。

「金魔石の鎧がその程度の攻撃で傷つくものかっ！」

ダムラードは左右の手を同時に動かす。

片刃の剣が左右から彼方に迫る。

――両方から同時に攻撃かっ！　これを狙ってたな。

彼方は一歩前に出て、左右にはめたネーデの腕輪でその攻撃を両方とも受ける。

ダムラードの目が大きく開いた。

彼方は右手に握った深淵の剣を斜め下から振り上げた。

「くおっ………」

ダムラードは上半身をそらして、攻撃をかわす。

その瞬間、深淵の剣の刃が空中で何かにぶつかったかのように止まり、逆方向に動き出す。

漆黒の刃先がダムラードの右側の首を斬った。

「ゴッ…………ガッ…………」

青紫色の血を噴き出しながらも、ダムラードは彼方に反撃した。

片刃の剣で彼方の首を狙う。

彼方は左の手首にはめたネーデの腕輪で刃を正確に受け止める。

そして、深淵の剣をダムラードの左側の頭部に向かって振り下ろした。

ダムラードは剣を横にして、その攻撃を防ごうとした。

同時に深淵の剣の軌道が変化した。片刃の剣を避けるようにくの字に曲がり、斜めからダムラードの左側の首を斬りつける。

ぐらりとダムラードの体が傾いた。

彼方の動きは止まらなかった。そのまま、ぽかんと口を開けているカリュシャスに駆け寄る。

カリュシャスは、すぐにわれに返った。赤黒い宝石が埋め込まれた杖を動かし、素早く呪文を唱える。カリュシャスの目の前に半透明の黒い膜が出現した。

――防御系の呪文か。深淵の剣を具現化した意味があったな。

彼方はスピードを落とすことなく黒い膜に突っ込み、深淵の剣でそれを斬った。深淵の剣の効果で、黒い膜が一瞬で消える。

「ばっ、バカなっ！」

カリュシャスは驚きの声をあげた。

彼方は無言で深淵の剣を振り上げる。カリュシャスは杖で彼方の攻撃を防ごうとした。その動きに合わせて、深淵の剣の軌道が変化した。雷が落ちる時の形のようにカクカクと動き、杖を避けてカリュシャスの体を斜めに斬った。

「ガアッ……」

カリュシャスの両膝が折れ、体が横倒しになった。

「そ……そんな……バカな……」

小刻みに震える唇から掠《かす》れた声が漏れる。

「あ……ありえない。お前の剣技は……一流の剣士の技を超えている」

「単純な技ですよ。ネーデの腕輪の力を使って、剣の軌道を変えてるだけです。まあ、近接戦闘では相当有効な技でしょうね」

「……お前は……何者だ？」

「この世界に転移してきた異界人ですよ」

彼方は冷静な声で答える。

「異界人……あ……」

カリュシャスの目が大きく開いた。

「ひ……氷室彼方」

「僕の名前を知ってたんですね」

「ザルドゥ様を倒した異界人だったとは……な。召喚師じゃ……なかったのか？」

「召喚呪文のようなものを使えるだけで、召喚師と名乗ったことはありませんね」

「ぐっ……こ……こんなことなら……」

カリュシャスの声が聞こえなくなり、緑色の瞳から輝きが消えた。

カリュシャスの死を確認すると、彼方は数体のモンスターと戦っているベルルに駆け寄った。

ベルルは両方の盾を使って二体のモンスターと戦っている。

モンスターたちは狭い場所に立ち塞がっているベルルを攻めあぐねているようだ。

巨大な剣や斧《おの》でベルルを攻撃しているが、二つの盾がその攻撃を確実に防いでいる。

――さすが、防御特化のクリーチャーだな。しっかりと時間を稼いでくれた。

彼方は意識を集中させ、呪文カードを選択した。

呪文カード

真空刃

★★★★★★　(6)

属性：風

複数の対象に風属性のダメージを与える

再使用時間：12日

レアリティ：ブロンズ

「ベルルっ！　下がって！」

彼方はベルルの肩越しに真空刃の呪文を放った。縦に並ぶように集まっていた十数体のモンスターが風の呪文で斬り刻まれる。

「グアアアアッ！」

手前にいた四体のモンスターの手足が斬れ、その後ろにいたモンスターたちは血だらけになって逃げ去っていく。

「助かったっす。さすが僕のマスターっすね」

ベルルが彼方に向かって白い歯を見せた。

「こっちこそ助かったよ。君が粘ってくれたおかげでカリュシャスたちを倒すことができた」

「役に立てたのなら、嬉しいっす。僕は攻撃力がいまいちっすから」

「攻撃力がなくても守りに強い君は使えるクリーチャーだよ。特にこの世界ならね」

「そうっすか？」

「うん。これからもよろしく頼むよ。期待してるから」

「期待………」

ベルルの表情が、ぱっと明るくなる。

「まかせておくっすよ！　彼方くんを守って、守って、守り抜いてやるっす！」

ベルルは片足を上げて、両方の盾を左右に広げるポーズをとった。


彼方たちはベルルを先頭にして鍾乳洞の出口を目指した。異形種のモンスターたちを倒しながら、薄暗い道を進む。

モンスターたちは集団で襲ってくることはなく、大半のモンスターは逃げ出していた。リーダーであるカリュシャスが倒されたことで戦意を失ってしまったのだろう。

数時間後、彼方たちは無事に鍾乳洞の入り口にたどり着いた。

既に昼になっていて、周囲には六体のモンスターの死体があった。

――カードに戻す前に伊緒里が倒してくれたんだな。生きてるモンスターは…………いないか。

「私…………出られたんだ…………」

隣にいた香鈴が輝く太陽を見上げて、ぼそりとつぶやく。

「もう、大丈夫だよ。残りのモンスターは逃げちゃったみたいだ」

「う、うん」

香鈴は目をごしごしとこすって、彼方をじっと見つめる。

「本当に夢じゃないんだね」

「うむにゃ」

彼方の代わりにミケが答えた。

「こうなったら、脱出祝いのお祝いをするにゃ。香鈴は彼方のお友達みたいだから、ミケがおごってあげるにゃ」

そう言って、ミケは魔法のポーチから七色に輝く水晶を取り出した。

「さっき、大きな石の柱の近くで見つけた魔水晶にゃ。これくらいの大きさなら、リル金貨二枚にはなるにゃ。これで黒毛牛のステーキも食べられるにゃ」

「あ、ありがとう」

香鈴はミケをじっと見つめる。

「あの、ミケちゃんは彼方くんとパーティーを組んでるんだよね？」

「そうにゃ。ミケがリーダーなのにゃ」

「リーダーってことは強いの？」

「避けるのは得意にゃ」

ミケは両手を腰に当てて、ぐっと胸を張る。

子供のようなミケの仕草に香鈴の頬が緩んだ。

「とりあえずクヨムカ村に戻ろう」

彼方は額に浮かんでいた汗を拭って、視線をクヨムカ村がある東に向けた。


広葉樹の生えた緩やかな斜面を下りていると、どこからともなく地響きが聞こえてきた。

彼方は早足で落ち葉の積もった斜面を駆け下りる。

視界が開けると同時に、彼方の瞳に巨大な生物が映り込んだ。

それは全長二十メートル以上のドラゴンだった。

全身が積み重ねられた黄土色の岩のような形をしていて、前脚が後脚よりも異様に太い。頭部は大きく、開いた口の中には尖った黒い歯が無数に見えている。

ドラゴンの前には数十匹のゴブリンがいて、鎧を着た騎士たちと戦っている。どうやら銀狼騎士団の騎士たちのようだ。

騎士たちは前衛が盾で守りを固め、後衛から弓矢と呪文でドラゴンとゴブリンを攻撃している。

オレンジ色の光球がごつごつとしたドラゴンの体に当たり、火花を散らした。しかし、ドラゴンは、その攻撃を無視して前脚の爪で騎士をなぎ払っている。

――ネフュータスの軍の別働隊か。

彼方は唇を強く嚙《か》んだ。

――その時、後方に杖を持ったモンスターがいる。あいつがリーダーでドラゴンを操ってるみたいだ。

開いた口から、ドラゴンのノドが大きく膨らんだ。

その炎は騎士だけでなく、前方にいた仲間のゴブリンも包み、周囲の木々を一気に燃やした。

広範囲を焼き尽くした炎の量に彼方の表情が強張る。

――なんてブレスだ。五十メートル先にも炎が届いてる。

黒焦げになった騎士たちの死体を見て、彼方の背筋がぶるりと震えた。

ドラゴンとゴブリンたちは野草の生えた斜面を下り始める。

その進行方向にはクヨムカ村があった。

――マズい。あのブレスを吐かれたら、村ごと焼かれてしまう。

「ベルルっ！　七原さんとミケの護衛を頼む！」

彼方は赤茶けた急な斜面を駆け下り、意識を集中させる。

三百枚のカードが彼方の周囲に浮かび上がる。

召喚カード

妖艶なる魔道師　リリカ

★★★★★★★★　(8)

属性：水、火、地、風、光、闇
攻撃力：100　体力：1500
防御力：900　魔力：8000
能力：全ての属性の呪文が使える
召喚時間：5時間
再使用時間：18日
レアリティ：ゴールド

あれは幼女ではない。人なのに数百年生きてる化け物だ
(魔法学者ミト)

彼方の前に、九歳ぐらいの少女が現れた。少女は黒のとんがり帽子をかぶり、黒のローブをはおっている。胸元には七色に輝く宝石を使用したネックレスをつけており、右手には枯れ木のような杖を持っていた。

「リリカっ！　ゴブリンを倒して！　僕はドラゴンを狙う！」

「また、色気のない頼みじゃのぉ」

少女──リリカは不満げに頬を膨らませる。

「まあよい。どうやら、切羽詰まっておるようだし、まかせておくがよい」

リリカは杖を握り締め、木々の間をすり抜けるようにして進む。

彼方はさらに新たなカードを選択した。

アイテムカード

神殺しの斧

★★★★★★★　(7)

オリハルコンさえも砕く最強の斧。相手の防御力を減らす

具現化時間：3時間

再使用時間：15日

レアリティ：シルバー

赤紫色の刃を持ついびつな形の斧が具現化された。

巨大な斧を掴み、彼方は緑色の斜面を駆け下りる。

ちらりと左側を見ると、クヨムカ村の入り口にウサギ耳の冒険者ピュートとドロテ村長が立っていることに気づいた。その背後には武器を持った十数人の村人たちもいる。

彼方は奥歯を強く噛み締める。

——村からはドラゴンの姿が見えてないのか。あのブレス攻撃を受けたら、一度で何十人も死ぬのに。

——少しでも早くドラゴンを倒さないと！

彼方は地面を強く蹴って、さらにスピードを上げた。

最初に彼方に気づいたのは別働隊のリーダーらしき上位モンスターだった。モンスターは樽《たる》のよ

うな体型をしていて、肌は青黒かった。目は血に染まったように赤く、ぶかぶかの黒いローブを着ている。

「そいつを止めろっ！」

キンキンとした甲高い声でモンスター――リーダーは叫んだ。

側にいた二匹のゴブリンが彼方の前に立ち塞がる。

彼方はスピードを落とすことなくゴブリンに駆け寄り、真横から神殺しの斧を振った。ブンと空気を裂く音がして、ゴブリンの胴体が真っ二つに斬れた。

リーダーは持っていた杖の先端を彼方に向ける。黒い霧のようなものが杖から染み出してくる。

――闇属性の呪文か。

彼方が防御系の呪文カードを使おうとした瞬間、半透明の円盤がリーダーの杖を切断した。黒い霧が一瞬で消える。

――リリカの風属性の呪文か。ありがとう。

彼方は歩幅を広げてリーダーに近づく。

リーダーは切断された杖を放り投げ、両手を重ねて別の呪文を唱えようとした。

「遅いっ！」

彼方は大きく左足を前に出して、神殺しの斧を振った。

リーダーの首が切断され、樽のような胴体が地面に倒れた。

――これで、残りは………。

数十メートル先を進み続けるドラゴンを見て、彼方は唇を噛む。

――リーダーを殺されても気にしないのか。

彼方はリーダーの死体を飛び越え、ドラゴンを追う。

背後を走っているリリカが彼方の行く手を塞ぐゴブリンたちを呪文で倒し続ける。

周囲の木々をなぎ倒しながら進むドラゴンのしっぽを彼方は神殺しの斧で叩き斬った。

それでも、ドラゴンは止まらない。スピードを緩めることなく、四本の脚を動かす。

彼方はドラゴンの切れたしっぽの部分にジャンプして、その上を走り出す。

ごつごつとした岩の塊のような背中を駆け抜け、背後からドラゴンの首筋に神殺しの斧を叩きつけた。

赤紫色の刃がドラゴンの体にめり込み、青紫色の血が噴き出す。

「ガアアアアアッ！」

ドラゴンが咆哮《ほうこう》をあげて、首を振り回した。

彼方の体が飛ばされて広葉樹の枝に当たる。ぐらりと景色が逆さになり、迫ってくる地面が見えた。彼方は両手で頭をかばいながら、受け身をとる。

背中に痛みを感じながら、彼方は視線をあげた。

ドラゴンの首筋には神殺しの斧が突き刺さっていて、その部分から大量の血が流れ落ちている。

「ゴッ……ゴゴッ……」

ドラゴンは倒れている彼方に向かって、前脚を振り上げた。

「それは、やらせぬっ！」

リリカが彼方の前に立ち、杖の先端をドラゴンに向ける。

黒い液体がドラゴンの前脚を包み込んだ。岩のような皮膚がぼこぼこと膨れ上がり、黒く変色していく。

「水属性と闇属性の混合呪文じゃ。その前脚はもう使えぬぞ」

リリカはにやりと笑いながら、薄く紅を塗った唇を舐《な》める。

「グガアアアッ！」

ドラゴンは先端の切れたしっぽで彼方たちを潰そうとした。

彼方とリリカは素早く後方の茂みに下がる。

「リリカっ！　ブレスに注意して！」

「わかっておる」

彼方たちはドラゴンの後方に回り込む。

——耐久力のあるドラゴンだな。神殺しの斧で倒せると思ったのに。

「リリカは左から呪文攻撃を頼むっ！」

そう言って、彼方は右に移動する。

すぐにリリカの呪文攻撃が始まった。傷ついたドラゴンの首筋に数十本の氷の矢が突き刺さる。

彼方は走りながら、呪文カードを選択した。

呪文カード

闇月の鎖

★★★★★★（6）

対象の動きを止め、闇属性のダメージを与える

再使用時間：13日

レアリティ：シルバー

黒光りする無数の鎖がドラゴンの巨体に絡みつき、岩のような皮膚に血管が浮かび上がった。

――これでドラゴンの動きを抑えられる。

新たなアイテムカードを選択しようとした時――。

「ガアアアアアアッ！」

ドラゴンは叫び声をあげて、黒光りする鎖を引きちぎった。

そしてクヨムカ村に向かって走り出す。

「しぶといのぉー」

リリカがドラゴンの背中に向かって、複数の属性の呪文を放つ。

それでもドラゴンの動きは止まらなかった。周囲の木々をなぎ倒しながら、進み続ける。

彼方はドラゴンを追いかけながら、新たな呪文カードを使おうとした。

その時、ドラゴンのノドが大きく膨らんだ。

――クヨムカ村を狙ってる！　ブレスを吐かれる前に倒さないと！

彼方は★八の呪文カードの選択を止め、★九の呪文カードに触れた。

呪文カード

五人の戦天使

★★★★★★★★★　(9)

光属性の呪文。特殊召喚された5人の戦天使が対象を攻撃する。この呪文を使用した場合、24時間、新たな呪文カードを使用することができなくなる

再使用時間：21日

レアリティ：レジェンド

七色の光が輝き、彼方の頭上に五人の戦天使たちが現れる。戦天使たちは白い羽を生やしていて、黄金色の鎧を装備していた。その手には、剣、槍《やり》、斧、メイス、弓を持っている。

戦天使たちは一斉にドラゴンに襲い掛かる。

ドラゴンの巨体が剣で斬られ、槍で突かれ、斧とメイスで硬い皮膚が砕かれる。そして白く輝く矢がドラゴンの右目に突き刺さった。

「ガアアアアッ！」

ドラゴンの巨体がぐらりと傾き、そのまま横倒しになった。全身から血が流れ出し、周囲の野草が青紫色に染まった。

空に浮かんでいた五人の戦天使たちの姿がふっと消える。

ドラゴンが息絶えたことを確認して、彼方は溜《た》めていた息を吐き出した。

――本当は制限のないカードを使いたかったけど、しょうがない。これで、二十四時間、呪文カードは使えないか。

彼方はドラゴンの首に刺さっている神殺しの斧を引き抜く。

「リリカっ、やってもらいたいことがあるんだ」

「わかっておる」

リリカは黒のローブをたくし上げ、白く細い太股を彼方に見せる。

「まだ、わらわの召喚時間は残っておるからの。見た目は十歳前後の童子じゃが、中身は大人じゃ。安心するがよい」

「ん？　何の話をしてるの？」

「夜伽《よとぎ》をしろと言うのじゃろ？　男の中には、つるぺたが好きな者も多いからのぉ。まあ、お前の性癖が幼女趣味なら、わらわの外見は完璧であろう」

「違うよっ！」

彼方は顔を赤くして、声を荒らげた。

「君にはベルルと組んで、残党狩りをしてもらいたいんだ。逃げ出したモンスターがいるからね」

「また、色気のない頼みを………」

リリカは不満げに息を吐く。

「それがお前の頼みなら仕方ないのぉ。召喚時間が続く限り、残党狩りを続けてやろう」

「じゃあ、すぐにベルルたちと合流しよう。クヨムカ村の人たちがもうすぐここにやってくるから」

「んんっ？　手柄を誇らぬのか？」

「手柄なんてどうでもいいよ。ドラゴン退治の仕事を受けてたわけでもないから、お金ももらえないし。それに」

「それに、なんじゃ？」

「弱いと思われてたほうが動きやすいし、相手の油断も誘えるからね」

「なるほどのぉ……」

リリカは首を傾けて、じっと彼方を見上げる。

「お前がそれだけ用心深いのなら、わらわも長生きできそうじゃ」

「うん。僕も未成年のまま、異世界で死にたくはないから」

そう言って、彼方はドラゴンの死体に視線を向けた。

エピローグ

カカドワ山の山頂付近に大小の岩が転がる平地があった。

真上に浮かんだ巨大な月が、その平地に蠢《うごめ》く数万のモンスターの姿を照らす。

短剣や曲刀を持つゴブリン。革製の鎧《よろい》を装備したリザードマン。背丈が三メートル以上もあるオーガに、カマキリのような姿をしたマンティス。

モンスターたちは整然と列を作り、東に向かって歩いている。

その光景を四天王のネフューータスが高台から眺めていた。骸骨に皮膚だけが張り付いたような顔をしていて、胸元には能面のような小さな別の顔がある。

「ネフューータス様」

黒い鎧を着たダークエルフの女がネフューータスの前で片膝をついた。

女の髪は銀色で肌は褐色だった。目は金色で猫のように瞳孔が縦に細い。身長は百七十センチを超えていて、足がすらりと長かった。

「報告がございます」

「話せ、ミリード」

ネフューータスが低い声で女の名を呼んだ。

「別働隊がセルバ村、ノベアプ村の襲撃に成功しました」

「予定通りだな」

「ですが…………クヨムカ村を襲った別働隊は失敗したようです」

「…………失敗？」

ネフュータスが首を右側に傾ける。

「ドラゴン使いのギナがやられたのか？」

「そのようです。ドラゴンも殺されたと報告がありました。それと同盟を結ぶ予定だったカリュシャスもやられたようです」

「軍団長のカリュシャスもか？」

「はい。部下のリザードマンが死体を確認したと」

淡々とミリードは報告を続けた。

「クヨムカ村には銀狼《ぎんろう》騎士団の部隊が常駐していました。彼らがギナとドラゴン、そしてカリュシャスを殺したのでしょう」

「だが、軍団長やドラゴンを倒せるような数の騎士を辺境の村に配置するのか？」

「団長のウルがいたのかもしれません。銀狼騎士団のウルは前にもドラゴンを倒した実績があるようです」

「…………ふむ。まあ、強者《つわもの》は人の中にも存在するか」

ネフュータスは骨と皮だけの手を口元に寄せる。

「氷室彼方《ひむろかなた》のほうはどうなってる？」

「サキュバスのミュリックからの報告はありません。時間も経っていますし、暗殺に失敗したのではないかと」

「それで、あの淫魔は戻ってこないというわけか」

「ミュリックを殺す手配をしましょうか？」

その時、ネフュータスの胸元にある小さな顔の口が開いた。

「それよりも氷室彼方を殺セ！」

キンキンとした声が周囲に響く。

「奴は危険ダ！　油断していたとはいえ、奴はザルドゥ様を殺し、キメラも殺シタ」

「わかっている」

上の顔が下の顔と会話を始めた。

「ミュリックが暗殺に失敗したのだ。頭も切れて用心深い人間なのだろう」

「ならば、ドウスル？　王都に攻め込む時に邪魔にナルゾ。奴の呪文なら、上位モンスターやドラゴンも………」

「どうした？」

「クヨムカ村に氷室彼方がいる可能性はナイカ？」

「それは………」

上の顔の眉間にしわが刻まれる。

「ありえなくはないな。クヨムカ村に強者がいることは間違いない。それが、氷室彼方かもしれぬ」

「ならば、私におまかせください」

ミリードがネフュータスたちの会話に割って入った。

「私の部隊でクヨムカ村ごと、その強者を倒してみせます！」

「お前がか？」

「はいっ！　私の部隊は精鋭で油断などしません。クヨムカ村にいる強者が氷室彼方でも団長のウルでも確実に殺せます」

「確実にか」

ネフュータスはほら穴のような目でミリードを見つめる。

「いいだろう。クヨムカ村のことはお前にまかせる」

「はっ！　ありがとうございます」

ミリードはネフュータスに向かって、深く頭を下げる。

ネフューータスの下の顔の口が開く。

「では、我らは予定通りイベノラ村を攻め、その後にウロナ村を落とすカ」

「ああ。ウロナ村は周囲を石の壁で囲まれた砦《とりで》のような村だ。そこを落とせば、ヨム国の王都ヴェストリアを攻める拠点にもなる」

「食糧の調達もデキルナ」

「そうだ。生きている食糧がウロナ村にはあるだろう。たっぷりとな」

ネフューータスの二つの顔が、同時に笑みの表情を浮かべた。

書き下ろし　牢屋《ろうや》の中で（七原《ななはら》香鈴《かりん》）

薄暗い牢屋の中で、七原香鈴は膝を抱えていた。

牢屋の空気は冷たく、どこからかぴちゃぴちゃと水の落ちる音が聞こえてくる。

壁に掛けられた光る石が入ったカンテラが香鈴の姿を照らす。その右腕は植物のつるが絡まっていて、黄緑色に発光する葉が数十枚生えていた。

「今日は寒いなぁ」

香鈴は視線を左右に動かす。

牢屋の壁際には四つのベッドが並んでいたが、そこに人の姿はない。

「おいっ！」

突然、野太い男の声がした。

視線を動かすと、鉄格子の向こう側に腕が四本あるリザードマンが立っていた。

リザードマンはリンゴのような赤い果実――ラグの実を香鈴に向かって放り投げた。

「今日のエサだ。ちゃんと食っておけよ」

リザードマンは金色の目で香鈴を見下ろす。

「お前の仕事は命が続く限り、ディルミル草を育てることだ。そのことを忘れるな」

「は………はい」

香鈴はラグの実を拾い上げる。

リザードマンがいなくなると、香鈴はラグの実を床の上に置いた。

――もう、食べなくてもいいかな。いっしょにさらわれたスージーとエミリアも死んじゃったし。

――何も食べなければ、天国に行けるかもしれない。ここよりも暖かくて、明るくて、悲しいことがない世界に。

『ダメだよ』

突然、香鈴の前に学生服姿の彼方《かなた》が現れた。

「彼方くん！」

香鈴の表情がぱっと明るくなった。

「また、会いに来てくれたんだ」

『うん。七原さんが心配だったから』

彼方は片膝をついて、腰を下ろしていた香鈴と視線を合わせる。

『ずっと牢屋に入れられて、つらいのはわかるよ。でも、ちゃんと食事は取らないと』

柔らかな声が頭の中から聞こえてくる。

『ほら、ラグの実を食べて』

「う………うん」

香鈴はラグの実を手に取り食べ始める。

『そう。それでいいんだ』

彼方はにっこりと微笑んだ。

『天国に行くことなんて、考えたらダメだからね』

「…………ありがとう、彼方くん」

『ありがとう？』

「うん。こうやって彼方くんがはげましてくれるから、私はこの世界で生き延びることができたの」

香鈴は彼方に手を伸ばす。

その手が彼方の体をすり抜けた。

「やっぱり触れないんだね」

『うん。僕はホンモノの氷室《ひむろ》彼方じゃないから』

彼方の姿が揺らめいた。

『だけど、幻覚の僕でも君と話すことはできるよ。そして、夢の中の僕もね』

「そうだね。それだけでも、私、幸せだよ」

香鈴はうっとりとしたまなざしで幻覚の彼方を見つめる。

「ねぇ、ホンモノの彼方くんもこの世界にいるのかな？」

『それはわからない。だけど、もし、この世界にいたら、きっと君を捜してると思うよ』

「私を捜してる？」

『そう。君が大好きな氷室彼方はそういう男だろ？』

「う、うん！」

香鈴は大きくうなずいた。

『さあ、もう眠るといいよ。後は夢の中の僕と話せばいい』

彼方にうながされ、香鈴はベッドに横たわった。

『七原さん。つらい状況だけど、生きることを諦めたらダメだよ。きっとホンモノの氷室彼方が君を迎えに来るから』

「いつ、迎えに来てくれるのかな？」

『もうすぐだよ。きっと………』

彼方は香鈴の頭を撫《な》でるような仕草をした。

『おやすみ、七原さん』

「……うん。おやすみ、彼方くん」

香鈴は幻覚の彼方に見守られながら、ゆっくりとまぶたを閉じた。

◇

その日、香鈴は牢屋の中でぼんやりと壁を見つめていた。

――今日は何日なんだろう？　牢屋に入れられてから、一ヵ月以上経ってるような気がする。

「私………今、起きてるのかな？　それとも、これって夢の中？」

香鈴のつぶやきに答える者はいない。

――体がふわふわしてて、今日は寒さを感じない。やっぱり、夢の中なのかも。

――もし、夢の中なら………。

その時――。

「………七原さん？」

背後から少年の声が聞こえた。

振り返ると、鉄格子の向こう側に彼方が立っている。

――あ、やっぱり、夢の中だったんだ。

「わあっ！　彼方くんだ！」

香鈴は瞳をきらきらと輝かせて、ホンモノの氷室彼方を見つめた。

あとがき

読者の皆様へ。

『異世界カード無双２　魔神殺しのＦランク冒険者』を読んでいただき、心より感謝します。

この物語は、私が初めて「小説家になろう」に投稿した作品です。

それまでは、ホラー小説やキャラクター小説を書いていました。

初めての異世界ファンタジー小説ということで、いろいろと悩みました。

オリジナルの生物を考えたり、異世界の食べ物を考えたり、国や町の名前を考えたり。

それが楽しくもありました。

そして、お気に入りのキャラクターを書くのも楽しかったです。

彼方《かなた》はかっこいいし、ミケはかわいいいし、ティアナールやレーネも魅力的なキャラクターになったと思っています。

召喚カードのクリーチャーたちにもお気に入りがたくさんいます。

戦闘メイドの魅夜《みや》や殺人鬼の亜里沙《ありさ》は特に気に入っていました。

読者の皆さんも、お気に入りのキャラがいたら、ぜひ教えてください。

Ｘ（旧ツイッター）で、「桑野和明《くわのかずあき》（久乃川《くのかわ》あずき、日高由香《ひだかゆか》）」の名前でいろいろつぶやいていますので、そちらもチェックしていただければ幸いです。

これからも、桑野和明をよろしくお願いいたします。

２０２３年11月　桑野和明

Kラノベブックス

異世界《いせかい》カード無双《むそう》2
魔神殺《まじんごろ》しのF《エフ》ランク冒険者《ぼうけんしゃ》

桑野和明《くわのかずあき》

2023年12月26日第1刷発行

発行者　森田浩章
発行所　株式会社 講談社
〒112-8001　東京都文京区音羽2-12-21
電　話　出版　(03)5395-3715
販売　(03)5395-3605
業務　(03)5395-3603
デザイン　ムシカゴグラフィクス
本文データ制作　講談社デジタル製作
印刷所　株式会社KPSプロダクツ
製本所　株式会社フォーネット社

KODANSHA

ISBN978-4-06-534439-2　N.D.C.913　339p　19cm
定価はカバーに表示してあります

ファンレター、作品のご感想をお待ちしています。

あて先
〒112-8001　東京都文京区音羽2-12-21
(株) 講談社　ライトノベル出版部 気付
「桑野和明先生」係
「りーん先生」係